君を恋ふらん

源氏物語アンソロジー

澤田瞳子　瀬戸内寂聴　田辺聖子
永井紗耶子　永井路子　森谷明子
末國善己＝編

角川文庫
23853

目次

やんちゃ姫　玉かつらの巻

田辺　聖子

田辺聖子（たなべ・せいこ）

1928年大阪府生まれ。樟蔭《しょういん》女子専門学校卒業。64年『感傷旅行《センチメンタル・ジャーニィ》』で第50回芥川賞、87年『花衣ぬぐやまつわる……わが愛の杉田久女《ひさじょ》』で第26回女流文学賞、93年『ひねくれ一茶』で第27回吉川英治文学賞、2003年『姥《うば》ざかり花の旅笠――小田宅子《おだいえこ》の「東路日記《あずまじにっき》」』で第8回蓮如《れんにょ》賞を受賞。他の著書に『むかし・あけぼの』『ジョゼと虎と魚たち』『田辺聖子の小倉百人一首』などがある。19年逝去。

一

「どないです。この残暑のきついこと。——何をして暮してはりますか」

と源氏《げんじ》の君が入ってこられた。

「お、玉《たま》かつらさん、何をしてはりますの、あんた」

「しーっ」

と私は制する。

私は物語の冊子を丸めて、壁代《かべしろ》と御厨子棚《みずしだな》のあいだをじーっとうかがっている。

気のみじかい私なのに、こういうときはわりあい気ながである。うすものの単衣《ひとえ》の袖《そで》をたくしあげ、撫子襲《なでしこがさ》ねの衣をはねあげて、冊子をしずかにふり上げる。ゴキブリのヒゲがチョロチョロと見えるのは、まもなく姿を現わすつもりにちがいない。

「もし、これ、玉かつらの姫君。あんた、そない、こわい恰好《かっこう》して、何をねろうてはるのどすか」

源氏の君はうるさい人である。

「だまってて下さいったら！」

そこへゴキブリが出てきたので、私は間髪を容れず叩《たた》いた。

「おのれーッ」

パシーン。一撃である。百発百中。私は手が早くて目もいい。運動神経も発達している。

「ひえっ。ゴキブリ。ボッカブリが……誰ぞある、誰ぞある。来て追い払《はろ》うてえ」

源氏の君は指貫《さしぬき》の膝《ひざ》をぺたんと折り、わなわなと震えていられる。

たちまち、お側去らずの舎人《とねり》、ヒゲの伴男《ともお》や惟光《これみつ》が走ってくる。見れば大げさな、
惟光は刀を下げ、伴男は棒のようなものを抱えているではないか。

「曲者《くせもの》はどちらへ」

「ただのゴキブリですわ、この中に、ほれ」

と私は懐紙に包んだゴキブリを示す。

「あっ、見とうない、早《は》よ持っていってえ」

源氏の君は悲鳴をあげられる。

そうして、伴男らが去ると、源氏の君はにがい顔で私に向われる。

「何という、あられもない恰好をしはるのどす。お姫さまともあろうかたが、あんたのお乳母《めのと》はんにも、ようよう、いうてきかせてるのに、まだ直りませんか。こまりますなあ」

「クセなんです、あたくし」

「なんのクセ」

「ゴキブリやらハエを見ると、つい、パシーッと。手が先に出てしまうんです」

「そんな下賤《げせん》なことは召使いに任せ、あんたはあんなもんを見たら『あれェー』と気絶するか、アッと逃げ惑うて欲しいのどす。激しい野分《のわき》とか、雨あられ、雷、なんぞというときも、几帳《きちょう》のかげに突っぷして、わなわなと震えていてほしい」

「ハイ」

「御所でも雷のなるときは『雷鳴《かみなり》の陣』いうて、近衛《このえ》の将官がかけつけて警護しまナ。この六条のわが邸《やしき》でも、舎人らが弓の弦を鳴らして守りますねん。女はそういうとき、ひたすら怖がってほしい。女の人が怖がればこそ、男も守ろうという気になりますのやが、この間のあんたみたいに、夕立がきたら庭へ出てずぶぬれになって涼しい涼しい、いうて喜んだり……」

「あんまり暑い日でしたから……」

「雷の鳴るのに手ェ叩いて痛快がってたりしてはこまりますなあ。お姫さまの貫禄《かんろく》がおまへん」

「ハイ」

「あんたのお母《か》ァはん、夕顔《ゆうがお》は、そらもう、おっとりと上品な、なよなよした、かわいらしい、抱きしめたいようなお姫さまどした」

源氏の君は、そうっと私に寄り、髪を撫《な》でられる。何という、いい匂いかしら、ぷーんとお召し物からたきしめた香の匂いがして、この匂いは私も好きなんだけど、あんまり近々と源氏の君に寄られて、じーっと顔を見つめられると、きまりわるくなってうつむいてしまう。

源氏の君って、女の人にしたいような、色白の綺麗《きれい》なかた。でも、切れ長の目でちょっと流し目ふうにうっとり見つめられるとき、私はあのう、——こんなことをいっていいかしら——思わず、(古いなあ……) なんて思ってしまうの。

ゴメンナサイ。

私、十五歳。

源氏の君のすてきなお邸、この目もくらむようなきらびやかな六条院のお邸へ引きとられて三ヵ月たった。源氏の君は、むかし私の母と愛人関係だったというので、

私を、

「養女」

という格で育て、養って下さることになった。私の本当のお父さまは、いま、源氏の君と天下を二分していらっしゃるご威勢の大納言《だいなごん》さまだというが、まだ親子の名乗りはしていない。だから先方では、私のことなどご存じでいらっしゃらないだろう。私は三つで京を離れ、乳母について筑紫《つくし》へ下ったから、そのとき別れたお母さまの顔もおぼえていない。

なんで筑紫へ下ったかというと、乳母の夫が、大宰《だざい》の少弐《しょうに》になって赴任したからである。お母さまの消息が知れないので、乳母は泣く泣く私を連れて九州へいくことにした。そのとき、お母さまは源氏の君と恋愛中で、しかも愛のかくれ家で急死していらした、なんて――。

私たちはそんなことを夢にも知らず、筑紫で暮していた。いつか都へのぼって、お母さまとめぐり会い、私をお父さまに引き合せて世に出して頂こう、と乳母も、乳母の夫も、そればかりいっていた。

そのうち、乳母の夫が任地で死んでしまった。私は筑紫で生い立って、そのまま都を見ることなく終るかと思っていた。

それを源氏の君に捜し出されて、京へ迎えられ、六条院に住むことになったのだ。

「それもみな、あんたの母上への愛があればこそ。あんたはお母ァはんに生きうつしの美しさ。まだこれから、どない綺麗にならはるか、わからんぐらいに美しい。これでぼつぼつに、都の姫君らしい教養が身についたら、更に、ぐんと見映えして、美しゅうならはること、まちがいなし」

源氏の君は、私の髪を撫でおろされて、

「ああ、みごとなお髪《ぐし》のつややかさ。たっぷりとあってみずみずしいみどりの黒髪。ええ匂いがして、若々しい」

と私をまた、うっとり流し目でごらんになる。

こういうのを、「色っぽい」というのかしらん。

九州の果でも、源氏の君のお美しさは鳴りひびいていたが、そうして九州の女たちもそろって源氏の君にあこがれていたが、――私も好奇心と関心をもっていたけれど――いま、現実に、目の前に見ると、十五の私には、もうひとつ、ピンとこないの。

私より、私の乳母や、乳姉妹の小萩《こはぎ》なんかのほうが、源氏の君にイカれている。そうして私の本当のお父さまのことなんかどうでもよくなり、

「源氏の君に引きとられなすって、よかった、よかった！　これもみなご縁あればこそ、ですよ。お母さまのお引き合せというもの。それにしても、こうしてお姫さまのおかげで、天下の美男、と謳《うた》われる源氏の君をま近く拝める果報、ありがたいことでございます」

といっている。こういうのを目も鼻もなく喜ぶ、というのかしら、物かげから源氏の君をうっとり見て、

「殿を拝んでいると腰がぬける」

という始末。

私は源氏の君の魅力、っていうのがどこにあるのか、よくわからないの。手入れのゆきとどいたお肌、愛嬌《あいきょう》のある、上品な表情、やさしい都なまり、もうすべてすべて、絵巻物の中からぬけ出たようだけれど、

「玉かつらちゃんや。私は、あんたを見てると、あんたが夕顔か、夕顔があんたか、昔の恋が再現したようで、夢うつつになってしもて、見さかいが無《の》うなるのどす……」

とほっと吐息をついて、私の手なんかそろりっと握られると、ひたすらもう、困るのよね。

何てったらいいか、つまり、源氏の君のようすには、

（――これでオナゴがまいらんはずはない、この私の魅力、私の雰囲気。私の引力に、オナゴが吸い寄せられんはずはない）

という、そういう思いこみがあるのね。

そしてそれ、とっても強いのね。

思いこみのある人に、思い直して頂くのはたいそうむつかしい。

それに筑紫ふうにいえば「こんなことというちゃ、何ですばってん」源氏の君、ったってもう三十すぎられたんでしょ。

天下の色男、という評判をずうっと生れてこの方、独占しつづけてこられた源氏の君も、いつまでも若いさかりというわけにいかない。

源氏ファンはいまも殿の魅力に目がくらみ、

「何たって、あの流し目でじっと見られると、背筋がぞくぞくっとくる」

だの、

「あのお声がいいわ。柔かくて、そのくせ男のエゴみたいなのもあって、あのお声で誘われたら、ふらふらとついていきたくなる」

なんていってるけど、あれもファン心理の思いこみではないのかしら。

私、十五歳の玉かつら姫としては、源氏の君を、たしかに綺麗な男性《ひと》だなあ、と思うけど、いちめん、

(気の毒な人だなあ——)

とも思うのよね。

だって、ご自分の魅力を、未来永劫《えいごう》にわたってつづくもの、と信じきっていらっしゃるところが……。

あの、悪いけど、三十二、三の男性《ひと》なんて、私から見ると「オジン」なのよね。

オジンにはオジンの魅力、というのもあることはたしかだ。筑紫にいたときのB《ボーイ》F《フレンド》の大夫《たいふ》の監《げん》だとか、ここのお邸の、ヒゲの伴男という、殿のけらいだとか、それはわかるんだけど、源氏の君のように、実質はオジンなのに、うわべは若いままの思いこみ、なんていうのは、どこかちぐはぐなんである。

そして、

「じーっと見る」

とか、

「うっとり流し目」

なんてのを色っぽいと思ったのは、それは私の死んだ母くらいの世代ではないの

かしら。

その時分だったら、源氏の君にそんなふうに見られて、女のほうも、ポッと頬あからめ、のぼせてしまったかもしれないが、私たちの世代では、もう、

(オジン)

だとか、

(古いなあ)

なんて、いったん思いはじめると、ダメなのだ、どこか、ぴんとこなくて、もどかしい。

源氏の君に見つめられて、思わずうつむくのは、あんまり間近で顔を合すきまりわるさ、それに、こんなに親切にして頂いてるのに、(オジン)だとか(古いなあ)なんて考えてる申し訳なさ、うしろめたさ、のせいなのである。心ときめいてのせいではないのだ。

ところがそれを、源氏の君はどうとられたか、

「そない、はにかむところがよろし、そういうしおらしさこそ、お姫さまとよばれる人の美しさどす」

といわれるのだ。

「かしこい人やから、あんたはすぐ都ぶりに慣れはると思いますが……ゴキブリなんか腕まくりして叩《たた》いてる場合やおへんえ、歌の一つもよめるよう、勉強しておくれやす」

「ハイ」

「雷が鳴ったら几帳《きちょう》のかげで震えていてほし」

「ハイ。こんどからそうします」

「その素直さが玉かつらさんのよさ。嵐の夜は夜っぴて眠れず、朝はこわごわ起きて、しずかに『むべ山風をあらしといふらん』などと、口ずさんでほしおすねん」

「そうします」

「筑紫にいたころの田舎びた風は、はよ忘れてほしおす。そうして、お乳母《めのと》はんにもいうたんやが、高貴な身分のお姫さまが、筑紫育ち、いうことははずかしい、お隠しやす」

「…………」

「このへんの、……大和《やまと》とか、山科《やましな》とか、そういうあたりの田舎に住んでた、とでもいうといてほし。あないなむくつけき片田舎で生い立ったと人に知られたら、あたらお姫さまの経歴の疵《きず》になりますよってな。あんたはいずれそのうち、宮さまか、大臣家へお輿入《こしい》れする方やから……」

　といいかけて源氏の君は、

「ああっ、誰ぞある、誰ぞある！」

　と叫ばれる。カナブンブンが庭からとびこんできたのだ。広大な六条院のお庭には草花も木々も多いので、虫や鳥も多い。

　私は、サッと片手でカナブンブンをつかまえる。てのひらの内でガサゴソし、チクチクと痛いカナブンブンの愛らしさ。硬い虫の感触だが、つぶさぬようにそろりと握りしめ、立っていって御簾《みす》を巻き上げ、庭へぱっと放してやる。

「ああ、おそろしいことをするお姫さまや、あんさんは」

　源氏の君は息が乱れていられる。

「それにその、深窓の姫君が、庭へ向いて顔出す、なんて、あさはかな、下人《げにん》に顔を見られたらどうします」

「ごめんなさい。気をつけます」

　といったけれど、私はまた申し訳なく思う。だって、源氏の君の目をかすめて私はときどき庭に下り、走りまわっているのだ。下人に顔を見られるおそれ、どころか、舎人《とねり》のヒゲの伴男なんかとは仲よしの私であるのだ。

だって、筑紫ではひろびろした海辺や山、私は馬で走りまわっていたんだもの。それにカナブンブンどころか、鷹狩《たかがり》もしたし、犬山といって犬を走らせて猪狩もし、「まち」といって、夜、木の上にのぼって弓矢をつがえて待ち、下を通るけものを射る、そんなことまでしていた。教えてくれたのは、みんな大夫の監。

なつかしいなあ。

もう二度と会えないだろうけど、——あの男は源氏の君よりずっと年上だったけど、「オジン」とは思えなかった。波長が合うんだもの。

二

大夫の監は、私たちが住んでいた土地の、顔役である。大宰府の役人ともツーーで、金があって威勢も強く、手下をたくさん持っていて、乱暴もので、皆に恐れられているボスである。色好みという評判で、美しい女ときくと、出かけていって人妻でもすぐ手に入れて自分の邸《やしき》に蒐《あつ》めていた。

私は筑紫では、ほんとの身分を秘めて、大宰府のお役人の少弐の孫、ということになっている。

私は小さいときから、「なんと綺麗《きれい》な女の子だろう、さすがは都生れだ」といわれていたので、十四、五になると評判になっていたらしい。

あるとき家の前を鷹狩の一行が通りかかった。その中の一人が、

「少弐の孫な、出てきんしゃい。よかおなごときくばってん、あいたか！」

と傍若無人に叫ぶ。近隣の人々は「大夫の監がきとるとよ」と恐ろしそうにささやいていた。一行の男たちはどっと声を合せて笑い、人をなめたふうであった。私はカッとなって、乳母や小萩が制止する手をふり払い、表へ出ていってその男をねめつけた。

そいつは屈強な壮年の男で、黒い馬に騎《の》っていた。黒い頬ヒゲと顎《あご》ヒゲにくまどられた顔で、閻魔《えんま》さんのような口をあけて笑っていた。

「ほんなこつ、こりゃ美人たい。どうな、おれの嫁さんばなるか。気持のよかこと教えてやるぞ」

男が馬の手綱《たづな》を控えながらそういうと、ほかの男たちもいっせいに、どっと笑う。

私は叫んだ。

「無礼者！　犬をけしかけるわよ。あんたって、何も知らないのね、この田舎者。都じゃ、女に求婚するときは、まず、すてきな歌をつくって贈るもんだわ。門口《かどぐち》で

馬に騎ったまま、女をからかうなんて、最低の野蛮人だわ。あたしはバカにされていいような女じゃないわよ。シロをけしかけて、あんたの脚の一本ぐらい嚙《か》みちぎらせてやるから。鍋蓋《なべぶた》みたいな真っ黒い顔した田舎侍なんか、あたしは怖くないいんだから！」

「こりゃきつか言われようじゃ」

と男は空を向いて笑った。黒いヒゲがぱっくり割れて、元気のよさそうな、真っ赤な口が咽喉《のど》の見えるほど開き、白い歯が牙《きば》のようだった。

「おれは都ン人やないけんな、おれの流儀でやるつもりたい。都ぶりの風流ほどつまらんもんはなかとよ。おれほど面白か男は都にはおらんとよ。よか男の味は、まだお姫さんにはわからんとやろう。よしよし、そのうちわからせてやるたい」

そうして、男たちは三たびどっと哄笑《こうしょう》し、馬をあふって砂けむりをたてていってしまった。私はそのうしろ姿へ石を投げてやった。

都では女に求婚するときは、歌をつくる、といったが、それはそのころ私は、都ぶりにあこがれていたからである。乳母が都へ私を連れてのぼることをいい暮していて、「こんな片田舎にお姫さまを埋もれさせたくない」とずうっといいつづけていたので、私も、自分が育った筑紫を、いぶせき片田舎、と卑下していた。

都は遠かった。都から下ってきたものや人は、みな、ゆかしく思われる。京のさるお邸で仕えておりました、という女を、乳母はていねいに迎えて、私にお琴の手ほどきを受けさせたりした。都から流れてきた物語や歌の集のたぐいは、めざましく面白かった。私はさまざまな物語を読んで、都にいる男や女や、とりどりの恋をうっとりと夢に見ていた。男たちが女たちに贈る愛の歌をいくつかそらんじて、やがていつかは私も、こんな歌を贈られる身になりたいと思っていたのだ。でも現実にそんなことが私の身に起るとは、思いもとめなかった。都へ上れることは夢のまた夢だった。少弐が死んだあと、女こどもばかりで都へ帰る力はなかった。

ところが、私にも、恋歌を贈られる機会がきたのだ。

大夫の監は、あれから、私の家によく来るようになった。乳母ははじめ気味わるがっていたが、清水《しみず》の観世音寺《かんぜおんじ》に詣《まい》るときにも監は警護の男たちをつけてくれるし、嵐だとか、水が出たとかいうと男手のない家を心配して、手下をよこしてくれるので、重宝だった。しかし、こんどはまた、重宝ではあるが、何か下心があってのことに違いない、と乳母は気に病んでいた。

監が私を手に入れようとして、乳母を籠絡《ろうらく》するのではないか、乳母はそう思っていたようだ。

監はときどき、私を遠乗りに連れ出して、海辺で魚を食べさせてくれたり、山の松茸《まったけ》を採りにつれていったりする。

はじめは無礼だと思っていたが、慣れると大夫の監は口ほども気は悪くないようだった。

私は倍以上の年齢の監に、ズケズケ口をきいて、監はかえって大喜びだった。たぶん、監にそんなふうにいう女の子って、いままでいなかったんじゃないかしらね。

「面白かお姫さんたい。こりゃ教え甲斐《がい》があるとたい」

監の教えてくれたのは、馬で駈《か》けることと狩りである。乳母《めのと》は金切り声を出していた。私をとめようとしたが、そのころには私は山野を駈けまわる面白さに夢中になっていた。もう都の物語も歌も忘れて、自分が育った筑紫を、いいところだと思いはじめていた。

「そうたい。もちろんたい。筑紫ほどよか国はなかとよ。海に魚をつりにゆけば、魚をかきわけかきわけ、山に鳥うちにゆけば、鳥を蹴《け》散《ち》らし蹴散らし、いうのは、この国のことたい」

と監はまた、真っ赤な口をあけて笑うのだった。

「水も空も美しか。都がどうのこうの、いうのはお姫さんの勝手たい。しかし都にゃ何でも揃うとるごとあるが、海はなか。海は唐《から》や天竺《てんじく》までつづいとる。海からは見たこともなか珍しかもんがどっさりとくるたい」

私と監は、夕日の山のいただきで海を見ている。彼方《かなた》のかすかな島かげは韓《から》の国だという。海は都よりずっとずっと遠くまでつづいている。

監は黒いヒゲを嚙み、まるで唸《うな》るように、

「筑紫ほどよか国はなかとよ」

と呟《つぶや》く。その顔は夕日を浴びて銅板のように赤くかがやく。

私はまた、監に弓をならった。私は早く、監のように百発百中、というようになろうとして、夢中になって練習する。まったく監ときたら、野兎だって狐だって、逃がしたことはないんだから。

「お姫さまが何ということをなさるんです」

と乳母は泣くようにいうけれど、でも、男の子の括《くく》り袴《ばかま》をはいて、髪も、このへんの女がしているようにきりりと一つに束ね、馬を走らせたり、弓の練習をしたりするのは、歌やお琴の勉強より、ずっと面白かった。監は、私がけんめいに弓の練習をしているのを見て、

「あせらんでもよか。先はまあだ、長かとやからな」

と慰めた。そして、いつからとなく、私をくどいていた。

「いつかはおれの嫁さんになってくれんと困るとばい」

「いやよ。あたしはそのうち、都へ戻ってお姫さまになるんだから」

「そげなこと、いつまで夢見とるとね。この世の中はお姫さんとお殿さんとで成りたっとるわけでもなかろうもん、タダの男や女がおらにゃ世はうまく動かんとやからね。タダの男や女のほうが、ずっと面白おかしく生きとるごとある」

「うまくいって。何よ、監、あんた、いっぱい、つまらん女を家にためこんでる、っていうじゃないの。知ってるんだから」

「そげなことはなかばってん」

「じゃ、みーんな追い出してみせなさいよ、あたしみたいな女の子を手に入れようっていうんなら、それくらいのことはすべきよ。一人のこらず女という女は叩《たた》き出しなさいよ。めす猫までも、よ。そうじゃなくって、あたしをお嫁さんにしようなんて、たくさんいる女の人の一人に加えようなんて、あつかましいと思うわ」

「目茶苦茶たい。男はオナゴをたすけて守っとるとよ。かよわいオナゴには手を貸さにゃいかんけんね。オナゴを追い出したら、オナゴは困るとじゃなかとね。こりゃおれの福祉事業の一環たい。お姫さんのほうは、福祉事業とは違《ちご》うて、何というたらよかか！　とにかく、顔さえ見たら、気分のようなるごとある、そういう関係たい。もし嫁さんになってくれたら、頭の上にさし上げて大事にしますばい」

「目茶苦茶はどっちなのよ、監のバカ、バヵ！」

春も夏も、秋も、監とかけめぐる山は楽しかった。監は、少女の私が成人するのを楽しみに待ちながら、気永にくどきつづけており、乳母は一日一日、いらいらしてすごした。

晩秋の夕ぐれの野を、私と監は駈けていた。狐が一匹、草むらから走り出し、監は、

「おっ、よか使者たい」

と叫ぶなり、狐をめがけて追いに追う。狐は必死に逃げるが、監に追われて距離はちぢまってゆく。監は馬の腹まで身を沈め、一瞬、狐の後肢をつかんで捕えた。そうして狐をがっしりと押えこみ、

「やい狐。この先の知り人の家に使いせい。おれがすぐいくけん、火とめしの用意たのむといえ。いうようにせんとどぎゃん目に遭わすか、お前、わかっとるとやろう」

と恫喝《どうかつ》して、狐を放した。狐はもんどり打って地面に落ち、跳ね上ったかと思う

と走り出したが、ちょっといってふりかえり、また走ってはふりかえりして、やがて見えなくなった。

「あら、あんなことして、いうこときくの、狐が」

「はっはっは。狐は変化《へんげ》のもんたい。何べんも使いばしたことがあるばってん」

監のいう通りだった。すこしいった先の小家では、子供に狐が憑《つ》いて、「大夫の監がおいでになるから、火とめしの用意をたのむ」と口走ったそうだ。家の人も慣れていて、よしよし、というと、子供の憑きものはおちたそうである。

私たちは火にあたり、山鳥の焼肉と粟《あわ》の飯と酒をおなかいっぱい食べた。山の中なので、物音は絶えてなかった。私たちは小屋の片隅に寝るところをつくってもらった。私はなるったけ、監から離れて坐《すわ》った。監はいう。

「寒かけん、寄るとよか」

「いやよ。ここで眠るわ」

「夜中は冷えるけん、そうはいかんごとなるぞ」

「歌を作ったら、寄ってあげてもいいわ」

「うーむ。男の一念たい」

といって監はしばらくだまっていたが、やっと苦しげにひねり出した。

『君にもし　心たがわば　松浦《まつら》なる　鏡の神を　かけて誓わん』

どぎゃんな。歌ぐらい、おれでんよめるばい。お姫さんに心変りでんしたら、松浦の鏡の明神の罰ば受けてもよか、という心たい」

私は笑って監のそばへ寄った。筑紫はいい国。筑紫も監も好きになった。

「そうたい。住むところが都たい」

と監はいうが、ひょっとしたら監のいるところが都かもしれない。監の胸板はひろくて日向《ひなた》と、馬具の革の匂いがする。監は私の軀《からだ》に腕をまわした。

と、そのときである。

小屋の戸が烈しく叩き破られ、松明《たいまつ》の光がなだれこんできた。

「監、出てこい！」

大宰府の官人と侍たちである。おどろいたことに乳母までいた。乳母は泣きながら私を引き寄せた。

「何ば血迷うとるとね。おりゃ大夫の監ぞ」

と監は叫んだが、侍たちは「知っとるとよ」と冷笑して、監と私をへだて、監を羽交い締めにする。

「どうしたの、どうしたの、監が何をしたの。何もしないわ」

私は泣き叫んだが、監のそばへはもう寄れなかった。私は侍たちが曳《ひ》いてきた馬にむりやり乗せられた。乳母《めのと》は監を指さし、

「お姫さまをさらった悪人はあいつです。あいつのために、もう少しのところで、お姫さまはとりかえしのつかないことになるところだった。あんな奴は死んでしまえばいい」

と泣きわめいていた。私をとりもどそうとして監は侍たちを押しのけようとしたが、馬に騎《の》った官人が、大声でいった。

「監。この姫君の身許《みもと》を知っているのか。これは大納言さまの姫君だったのだ。かねて都からご沙汰《さた》があってさがしていた方だったのだ。無駄な抵抗はやめたがよい」

大夫の監はヒゲを嚙《か》み、目を丸くした。

「目茶苦茶たい。……今ごろそげなことといわれては困るとじゃなかとね。うーむ。どげんしようか、……どうしようもなか……」

といった、あとのことばはきこえなかった、私はもう馬に乗せられて、真ッ暗な野を流星のように走らされていたから。

泣いていたので、涙が頰で凍りついてしまった。私を抱いて馬を走らせている侍が、心配して「怪我でもされたとですと」といったが、私は返事もせず頰に涙を凍

らせていた。

三

そのあとの運命の転変ときたら……。

都からの使者に連れられて私たちは、都へもどり、ほんとうの父ではないが、父と思ってほしいという、源氏の君のお邸《やしき》へ迎えられた。はじめてみる六条院は、極楽浄土もかくやと思うような、豪華なお邸で、邸内は一日で歩ききれないような広さ、山あり池あり谷あり、そのあいまに、大宰府のお役所より大きい建物が点在し、花々が咲き乱れていた。

そうして一日中、牛車《ぎっしゃ》や馬が門を出入りし、邸のどこかから、つねに管絃《かんげん》の音色がひびいてくる。この邸のあるじは源氏の君なのである。九州ではもう伝説上の人物のような人である。その人が、私を呼びよせた、というのだ。

「あんたのほんまのお父さんは、大納言どのやけど、沢山お子がおありで、そんなとこへいっても、ほんまに幸せになれるかどうかわかりまへん。私は、あんたのお母ァはんが忘れられず、その忘れがたみを、ずうっと心にかけてさがしてたんどす。

九州へいったという噂をたよりに、今までどない、さがしましたか。よかった、ほんまに、こうして会えて、再び、夕顔と会《お》うたみたいで、嬉《うれ》しいて、夢のようどす」

と源氏の君は、私を抱いて、涙を流される。

都の貴人は、男性でも涙を流すものだとそのとき発見した。

「これからは、ここをウチと思うて、のんびりしてちょうだい」

と源氏の君はいわれる。乳母は長年の念願がかなって、大喜び。

「それにつけても、あの大夫の監はおぞましかった。もうちょっとおそければ、監の毒牙《どくが》にかかっていられたのでございますよ。お若いから、だまされなすったのも無理はございませんが、あんな片田舎のむくつけき男なんかにさらわれなくて、ほんとにようございました」

乳母はくりかえしくりかえし、いう。

私の髪を、泔《ゆする》で念入りに洗いみがき、肌に白粉《おしろい》を塗り、

「ほれ、ごらんあそばせ。荒馬に乗って野山を駈《か》けていられたおかげで、日焼けして荒れていられた肌も、おかげでなおりました。姫君はこうでなくては」

と満足げである。

源氏の君は、日ごと私の居間へ足を運ばれて、唐わたりの錦《にしき》、絹の巻物、織物、

などをどっさりと贈って下さる。

「美しいお姫さんに似合う衣を、たくさん仕立てて、いやが上にも美しゅう、丹精してちょうだい」

私はもう少年のように括《くく》り袴《ばかま》をはくことなど許されない。髪を束ねて走りあることは許されない。

七枚八枚の衣を重ね、香を髪にたきこめ、室内をあるくときも、膝《ひざ》ですりあるく練習をしなければいけない。

源氏の君は、私にお琴を教えるという口実で、毎日、身近く寄ってこられる。

「その手が間違《まちご》うてはるのえ。こう……ここを押えて」

と、そっと手を上から握られる。

「お疲れやおへんか」

「いいえ」

「そない、切って捨てるようにいわんと、ちょっと疲れぎみでございます、とやわらこうに話を合せてちょうだい」

「ちょっと疲れぎみであります」

「あります、は頂けまへんなあ。けど、よろし、そのうち、追々に。日一日と美しゅうならはるのやから、心ばせも日一日と、柔《やら》こうなっとくれやす」

私は、全く昔と違う生活にとまどって、半分、ぼんやりしている。乳母は京へもどってからは、水に放たれた魚のようにいきいきしているが、私はかえって、移し植えられた草花が萎《しお》れるように元気がなくなっていく。

それを源氏の君は、気付かれないらしい。むりもないわ。

筑紫で、あんなにイキイキしていた私の姿はご存じないのだもの。だから、私のことを、

「近頃は、ようやっと、都の姫君ふうに、やさしゅうならはって、角《かど》がとれはった。早《はよ》う、田舎の垢《あか》が落ちはるように、これからも面倒みます」

と仰せられる。面倒をみる、というのは、

「玉かつらちゃんや。あんたを見てると、昔が今になったようで、夢うつつで見さかい無《の》うなるのどす。私の気持、わかりますか？」

と、それとなしに誘うような、言い寄るようなことをいって、私の心を惹《ひ》こうとなさることである。

私が困ってうつむいていると、

「ほおっ」

と思わせぶりなためいきをなさって、

「男親が、娘を嫁入りさせとうない、という気持、私もわかりました。せっかく美しゅうしたあんたを、よその男に渡す気は、せえへんのどす」

なんていわれる。

「暑う……。ちょっとここへ。風が通ってよろし。こういうふうに横になってごらん。琴を枕にして寝てみるのも風流どす」

私はいわれるように、する。

「素直なお人や」

源氏の君は、半身を起き上らせ、私を覗《のぞ》きこまれる。庭にはふさふさと木が繁っているので、御簾《みす》をおろした部屋の中は、昼でもほの暗い。

私は源氏の君にみつめられて、困ってしまって、目をそらせている。そうして内心、

(あたくしの好みじゃないのになあ……)

と思っている。源氏の君が想像していらっしゃるほど、私は源氏の君には心を動かされていないのに。

源氏の君は、まだそれがおわかりにならない。

いつまでもご自分がスターだと思っていらっしゃる。

スターには違いないけど、時代がかわっちゃったのだ。

世代が違っちゃったのだ。

このスター、私なんかからみると、とても古典的になってしまってる。何が何でも、もうちょっと、ナウいところがなければ、ピンとこないのである。

でも源氏の君は私ににっこりなさって、

「かんにん、かんにん。べつにあんたを困らそう、と思うていうてるのと違います。あんたの魅力、初花のつぼみの魅力が、私にはたまらんのどす。……よその男にやるのは妬《ねた》ましいし、というて、この私がというわけにもいかず、男心は千々《ちぢ》に乱れるのどす」

よくおっしゃるわ。

源氏の君なんて、紫《むらさき》の上《うえ》をはじめ、この六条院の町々には、それぞれ女主人の館《やかた》があるそうである。おそばの召人《めしうど》の女房まで入れたら、片手の指では足らぬそうな。でも相手が源氏の君では、大夫の監みたいに「ホカの女はみんな追い出しなさいよ、めす猫までも、よ」なんてことはいえない。そんな中の一人に、私がなるなんて、ひどいじゃない。

「そうそう、近々、ここで宴会をひらきます。池に船を浮べて音楽をきかせます。竜頭鷁首《りようとうげきす》の船を見はったことがおますか。池の中の島をめぐって、音楽の船が漕《こ》ぎ渡ってくるのどす。舞人と楽人が、池の汀《みぎわ》でそれに合せて踊ったり、吹き立てたり……。お客の中にはヒゲ黒の大将、兵部卿《ひようぶきよう》の宮、柏木《かしわぎ》の中将、好青年、美青年、たくさん来られて、それも何が宴会の目玉や、思わはりますか。あんたどす。玉かつらのお姫さんどす。あんたの噂が都じゅうにきこえ、新しい美少女が六条院に養われているというので、みな、恋心を燃やして来はるのどす」

源氏の君は、何だかお一人で昂奮《こうふん》してらっしゃる。

「面白うなってきました、みなの目の色かえて狂奔するさまを楽しんでやろ。なあに、誰にも、あんたを当分、渡せしまへん。あんたも、私のところから離れるのは、おいやどすやろ」

「…………」

私はちょっととっさに返事が出なかったが、礼儀上、イイエともいいかね、

「ハイ」

とうつむいた。

「その、一瞬、言葉がとぎれるところが、女の子のはにかみでよろし、……」

源氏の君は満足げにおっしゃった。

「心配しなさんな、私も同じ気持どす、あんたが私のそばに居りたいように、私もあんたを放しまへん」

四

源氏の君としゃべるよりは、六条院の中を姿をやつして、そっとあるきまわり、舎人頭《とねりがしら》のヒゲの伴男としゃべったり、あちこち、偵察したり、しているほうがどれほど面白いかわからない。

宴会が近づくというので、邸《やしき》の中は平生の秩序が失われ、いら立たしい活気にみちている。

宴会の予行演習が何べんも行われる。楽人たちは、音楽の練習に余念がない。

そういう人たちに、このお邸の事務所からお弁当が配られる。折詰に、酒が一合ずつ、ついている。それらは大きな長櫃《ながびつ》に入れて運ばれ、配られるが、あちこちから、

「ここ、まだだす」

とか、

「ワテ、酒がついてまへん」

とか、てんやわんやの騒ぎである。

伴男は竜頭鷁首の船の準備係だそうで、大汗をかいている。

「塗り直しが間に合うか合わぬか、大ごとですわ。漕ぎ手の唐子《からこ》の装束、ひとそろえ、いやもう、あたまの痛いことだらけや」

と私にこぼす。

「中には、船酔する、という楽人もいましてなあ。それに船にのせて演奏させてると、便所へいきとうなったとき、困る」

「アハハハ」

私は伴男たちとしゃべるときに、はじめて笑い声が出る。伴男はご主人、源氏の君の尿筒《しとづつ》がかりだけあって、いちばん関心のあるのは、

「たくさん人を集めたときの便所をどこへ設けるか」

ということである。伴男は木がくれに、あっちこっちと仮設便所をつくり、立木の幹にそれとなく矢印をつけたりする仕事も、受け持たされている。

「ご主人さまたちは、池の中島から漕いでくる船のピーヒャラピーヒャラに興がられ、お酒をのんで歌《うと》うてはったらよろしいが、こちとらは、その裏方の苦労がたいへんでございます」

という。伴男は何でもざっくばらんにいうので、私は好きである。伴男のヒゲは、かの大夫の監を思い出させる。伴男といるときは、私ものんびり、カナブンブンをつかまえたり、池の汀に足首を浸《つ》けて遊んだりできる。

のみならず、

「馬に騎《の》ってみたい」

といったら、伴男は一頭、こっそり連れてきてくれた。

「こら、やんちゃなお姫さんやな。へーえ、馬に騎らはる」

「どこかへ遠乗りしましょうか、伴男」

「めっそうもない。ご主人さまに知れたら大目玉で。しかし馬場がございます。いまは誰も居りませんようで、いまのうちにこっそり」

「ありがとう」

「ご主人さまにはナイショにします。私めは口のかたいほうで」

伴男は馬場まで馬を曳《ひ》いてくれた。邸の中に、池や馬場があるのだもの、ほんとうに広い。

「その代り、働くもんには広すぎて難儀だす。それに京の町はずれ、六条なんてところは不便でございましてな」

でもいくら広くったって、あの筑紫の野山や海にくらべれば、六条院は箱庭だ。馬場で駈《か》けたって、それはあくまで馬場にすぎない。囲いから外へ出ることはできないのだ。

私は馬を厩《うまや》につなぎ、建物の壁に額をおしあててちょっと泣いた。

伴男が私の背を叩《たた》くので、私は目をこすった。

「こんな、やんちゃなお姫さんに、几帳《きちょう》のかげで震えていろの、よよと泣けの、というわはるほうがむりでおますなあ」

と伴男がいう。源氏の君の言葉をそれとなく聞いてたのかしら。

「来はったときは日に焼けて、まあ、元気なお姫さんや思うたけど、だんだんに、萎《しお》れた花のようにならはって。まあ、元気出しなはれ。花は、どこへ持っていかれても、咲くようにならな、あきまへん」

「あたくしを慰めてくれてるの。やさしいのね、伴男って好きよ」

「ありがとうございますが、私めは中年趣味で」

宴会の当日は、私は美々《びび》しく着飾って、客人がたの目につくようにと御簾《みす》から衣の裾《すそ》や袖口《そでぐち》を出している。

そういうことも、みな、源氏の君がみずからなさる。

そうして、

「ふははは。あのヒゲ黒大将が、もし、あんたを見たらどない、のぼせるか」

「むははは、兵部卿の宮に、ちらとあんたを拝ませてやろう。大将と張り合うにちがいない。夢中で張り合うことやろ」

「柏木の中将は、とくに、あんたのお声をきかせてやろ。私が合図したら、何か、お声かけてやっとくなはれ」

などと、しごく面白そうでいらっしゃる。

「伴男」

「はあ」

「私が合図したら、風、吹きあげてや」

「用意ができておます」

「ヒゲ黒大将が近寄ったら、私が合図する。すると伴男、お前が紐《ひも》を引っぱる」

「心得ておます」

「風で御簾があがったようにするのや、よろしか、さ、いっぺん、練習や。お姫さんはそこに坐《すわ》っとって」

おどろいた人たちだ。仕掛けをして、ヒゲ黒の大将とやらの心をかき乱そうというのだ。

「こんどは御簾の向きを変えて。兵部卿の宮は、私の右手に坐らはるから、こっち側の風を吹きあげる」

と源氏の君はおっしゃる。

「そら、伴男。風や」

「ハァ。この角度でよろしゅうございますか」

「うまいことといく。お姫さんの横顔が、ちらと見え、いかにも風で、御簾が動いたようにみえます。これは、私でも、かいまみた玉かつら姫のおもかげにイカれるというもんどす。むははははは」

源氏の君は、ふだんは「おほほほ」と笑われるのに、いまはよっぽど快心の笑い、というのであろう、嬉《うれ》しげである。

私は何にも笑うことがない。

おかしいことがないのだもの。

「さ、準備万端ととのうた、私はお化粧でもしてきます」

と源氏の君は奥へはいっていかれた。

「ウチの大将も、人さわがせなことばかりもくろんで喜ぶお人や」

と伴男はこぼしこぼし、それでも御簾の紐を引っぱるしかけを点検している。私はいった。

「すこし、座をはずしてもいい？　伴男」

「もうすぐ、お客人も見えますよ」

「すぐ来ます。お庭の矢印へいきたいの」

と私はいい、奥へ引っこむと、衣を脱いだ。

かるい身なりになった。

北の妻戸から庭へ下りる。もう、牛車や馬がたてこみはじめている。馬場の手前。厩の馬を引き出して、私は騎り、門を出た。お客の従者たちの出入りが烈しいので、門番にも咎《とが》められない。

五条までくると、旅すがたの一団に会った。

男、女とりまぜての一行で、なつかしい九州弁だったから、気を惹《ひ》かれた。

「どこまでいかれますか？」

ときいたら、

「肥前《ひぜん》・松浦たい！」

という答えが返ってきた。

「加えて下さい。そこまでの旅に」

私は思わず叫んでいた。

「連れていって下さい。私を連れていって下されば、先方の男がお礼をするはずです」

「君にもし　心たがわば　松浦なる　鏡の神を　かけて誓わん」

そういった男がお礼をするはず。

私は一行のしんがりについた。そうして、顔にうるさくまといつくハエを、てのひらで勢よく払った。京を早く出てしまいたい。筑紫へ早く近づきたい。

（集英社文庫『春のめざめは紫の巻　新・私本源氏』に収録）

髪

瀬戸内寂聴

瀬戸内寂聴（せとうち・じゃくちょう）

1922年徳島県生まれ。東京女子大学卒業。57年「女子大生・曲愛玲《チュイアイリン》」で第3回新潮社同人雑誌賞、61年『田村俊子』で第1回田村俊子賞、63年『夏の終り』で第2回女流文学賞を受賞。73年、平泉中尊寺で得度し、法名寂聴となる（旧名晴美）。以後、92年『花に問え』で第28回谷崎潤一郎賞、2006年文化勲章など、受賞・受章歴多数。他の著書に『美は乱調にあり』『秘花』などがある。21年逝去。

横川《よかわ》の僧都《そうず》が御遷化《ごせんげ》遊ばされたと耳にしたのは、陸奥《むつ》の辺土のとある海辺の村であった。

その日も、当てにもならぬはかない喜捨《きしゃ》を需《もと》めておのれはさすらっていた。埃《ほこり》っぽい往還の茶店の軒で、空腹のため声もろくに出ない経を称《とな》えはじめると、茶店の老婆が雑穀の黒い握り飯を一つ投げてよこした。読経《どきょう》は無用だからさっさと立ち去れと手振りで示している。見苦しい乞食《こじき》坊主の行乞《ぎょうこつ》の姿は商いのさまたげになると、皺《しわ》に畳みこまれた細い目が語っている。

深い礼をして立ち去りかけたおのれの背に、その声が追ってきたのだ。縁台に掛けてどぶろくを呑《の》んでいた客の一人の声であった。馬を都の貴顕の邸《やしき》に売り届けて帰ってきたばかりだと、声高に喋《しゃべ》っていたその言葉の尻《しり》に、

「何でもよう、比叡山《ひえいざん》のお座主《ざす》より霊験《れいげん》のあらたかな尊い坊さまだそうで、都じゅ

うその葬式の話で持ち切りさ。勅使や関白の使いたちまで横川に駈《か》けつけたんだってよ」

その場から西へ向けてひたむきに旅をつづけて、六十余日が過ぎている。行乞に頼るだけの貧しい旅は、気ばかり焦ってはかばかしくも進まない。何が何でも寸時も早《はよ》う横川へ登って、僧都の御墓前に詣《まい》らなければという一念だけで、よくも歩き通したものだ。

ここ宇治《うじ》へたどりついた時は、もう今日の日も暮れかかり、宇治川の川波に真赤に入り日がなだれこんでいた。荒々しい川瀬の轟《とどろ》きが、長旅に疲れきって痩《や》せさらばえた軀《からだ》の骨の芯《しん》まで揺がせ響いてくる。川岸に降り葦《あし》の茂みの中に踞《うずくま》っていると、いっそう川瀬の轟きに全身が巻きこまれて、自分の軀が、宇治川の速い流れの中に揉《も》みしだかれ流されているような、現《うつ》ともない気分に誘いこまれていく。

落陽の色を溶かしこんだこの華やいだ茜色《あかねいろ》の川面《かわも》を、魅入られたように見つめていると、ふいにその川面に艶《つや》やかな黒い絹をひろげたような幻が映って、ゆらゆらと漂っていく。思わず目を掩《おお》って深い息を吐いた。掌《て》を放すと目に映ったのは、一瞬の間に茜の色の輝きを失い、夕闇に包まれてきた暗い川の流れだけであった。あの黒い絹、いや、あのお方の艶やかな黒髪の幻影は、夕闇の中にかき消されていた。

あのお方が一度は身を投じられた川だと思えば、この荒々しい早瀬の轟きさえ厭《いと》わしいとは思われぬ。

思えばすべてはこの川のあたりから始まった。

あの頃、横川の僧都はまだ六十余歳で、おのれはまだ三十に届かぬ年であった。あれからはや十年の歳月が流れ去っている。時の流れはまこと、この瀬の流れよりも速い。

僧都の母尼君と妹尼君が初瀬《はつせ》の観音にかけられた旧《ふる》い願《がん》の願ほどきに参られるのに、僧都に命じられておのれがお供をした。八十路《やそじ》の母堂と五十を越えた妹君は共に出家されていて、小野《おの》の里にこざっぱりした庵《いおり》を結んでいられた。僧都は高徳と験力《げんりき》の高さで都にも名の響いた聖僧であられたが、こよなく情味の深いお気質で、肉親への思いやりも厚かった。出家にあるまじき人情と、陰でとかくそしるむきもあったが、お耳に入ったところで一向に気にもとめぬ至っておおらかな御性格であられた。さればこそ、寺の門前の松の木の枝に懸けた籠《かご》に入れて、捨てられていた赤子のおのれをも憐《あわれ》み、拾い取って育てて下さったのであった。

物心ついて同輩の小僧たちから、捨子とあざけられても何の卑下もひがみも覚えなかったのは、僧都の慈悲に包まれ、捨てた親を恋しいともなつかしいとも思う閑《ひま》がなかったからであった。

「そなたこそはみ仏からの預り子よ。その証拠にそなたは目も綾《あや》な錦《にしき》に包まれて、籠の中でまこと安楽そうに眠っておった」

その錦も籠も見せてもらったこともないので真偽のほどはわからない。しかし僧都が真直《まっす》ぐこちらの目を見つめて言われると、作り話でも信じようという素直な気持になってくる。

幸い、山で学ぶ学問も修行も辛《つら》いと思ったことはなかった。中でも密教の行法の底知れぬ神秘さに惹かれ、僧都の験力の万分の一でも身に具《そな》わりたいと祈った。二十なかばには弟子たちの中でも、験力のある上位に数えられるようになっていた。

小野の尼君の一行のお供を命じられたのも、その年は僧都の籠山《ろうざん》の御念願が固く、下山がかなわないため、僧都の代役として、初瀬寺での供養を勤めるようにとの仔《し》細《さい》であった。

その帰りの途中母尼君が発病され、宇治にたどりついたところで、容態が急変されたので、横川に急使を立てたら、僧都は固い籠山の決意も破り、急遽《きゅうきょ》下山され宇治に駈けつけられた。年から言えば、今更惜しくもなさそうな御病人のため、いくら孝行心からとはいえ籠山の誓いをみすみす破られたのが勿体《もったい》なく、内心納得しかねる想いがあったものの、そんな気持はおくびにも面に出せるものではなかった。

臨時に借りた民家が手狭だというので、僧都は早速故朱雀院《すざくいん》の御領地の宇治の院というところへ御一行を移された。院領のお邸とは言え、見るも無惨に荒れ果てていて、あいにく院守も物詣《ものもうで》で居らず、留守居の老人だけが迎えてくれた。あまりの気味悪さに、僧都の御命令でわれわれ僧侶《そうりょ》が声を限りに魔払いの読経をした。その後、おのれと横川から来た僧と二人で、若僧に松明《たいまつ》を持たせて邸の裏の方を見廻《みまわ》りに出かけた。何年も手入れのされていない庭は、暗い森のように樹々が生い茂って、無気味な夜鳥の声のみこだまして身震いするほど気味が悪い。

その時、松明の光の中に白いものの形がぼうっと映ってきた。大木のごつごつした根方に踞っていたのは、火を近づけて見るとまぎれもなく人であった。激しく泣いているのは女で、白い衣裳《いしょう》の上いっぱい長い黒髪が艶々と拡がっている。我知らず魔物を追い払う不動の印《いん》を結び、一心に呪文《じゅもん》を称えながら、声もなく泣く度、黒髪がそこだけ生きもののように震えるのを見つめていた。

いつの間にか僧都が報《しら》せを聞いてそこへ来られた。

「どれどれ、狐が化けたというが、どんなものかな。拙僧は話には聞いたが、まだ見たこともない」

と言われる。いつでも子供のような好奇心を失わない天衣無縫のお人なのだ。効験のある真言の呪文が僧都の口から重々しく洩《も》れてきた。

「これは正真正銘の人間だ。死にかかっているが命が絶えたわけでもない。余命がある間は、たとい一日、二日でも大切に守ってやらねばならぬ。折悪しく雨も降ってきたようだ。恐ろしい鬼神に取り憑《つ》かれたか、誰かに家を追われたか、だまされ捨てられたか、どっちみちこの女は、非業《ひごう》の死をとげねばならぬ運命だったと思われる。しかしこういう者は仏が必ず、お見捨てにならずお救い下さるはずなのだ。しばらく薬湯など飲ませたりして、助けるよう手を尽してみよう」

とおっしゃっておのれに向かい、女を抱いて運べと目でお命じになった。

その時まで、山で修行一途《いちず》のおのれは、女人《にょにん》の軀についぞ一指も触れたことがなかった。生れてはじめて抱きかかえた女の軀は意外に重くて、思わず足元がよろめいた。その拍子に女の頰に思わず我頰が触れ、つづいて、女の黒髪が手にも顔にもゆらりと振りかかってきた。髪はびっしりと濡《ぬ》れていて、貼りついたように離れようとしない。女の衣類もしぼりたいほど水を含んでいる。今降り出した雨のせいなぞではない。女の重さは、濡れた衣裳と髪の重さなのだと納得した。

一行の先に立つ松明の火は燃え尽きかけて、あたりはようやく激しくなった雨脚に包まれ、闇がひしひしと取り巻いてきた。

闇を好都合に、思いきって女の軀を抱え直し、顔に顔をあててみた。凍りついたような女の頬の冷たさ。片手で地になびいている黒髪を掬《すく》い上げ、自分の肩に廻し首に巻きつけた。濡れた髪の冷たさにぞっと身震いした後には、程もなく髪の温かさがひしひしと首や肩に伝わってきた。女の千筋の黒髪のすべてに女の命が通っている。女の顔の冷たさは死人のそれと似ていたが、髪はまだ生きていると思えた。有難さに思わず不動の真言が口をついて出ていた。

どこをどう歩いたか覚えもない。たどりついた邸《やしき》の内では、母尼君の容態が思わしくないと見え、呪法の読経《どきよう》の声が満ち満ちていた。すべての人々がその部屋に集まっているようだった。

そこから遠い、厨《くりや》に近い小部屋に女を寝かせ、手燭《てしよく》の灯を近づけて、はじめてまじまじと女の顔を見た。

白蠟《はくろう》のような女の小さな顔はこの上なく可憐《かれん》で、目のくらむほど美しかった。長い睫毛《まつげ》がしっかりと合さって、濃い翳《かげ》を頬に落しているので、ふと、女が目を開いているような感じさえした。女の鼻や唇が、これほどつまみ細工のようにはかなく華奢《きやしや》なものとは知らなかった。目も口も閉じた女は慎ましい表情で安らかに寝入っているようにも見えるが、すでに死んでいるようにも見えた。

鼻腔《びこう》に掌をかざしても、伝わってくる呼気も感じられない。夢界にさまよってい
たような朦朧《もうろう》としたおのれの魂が、この瞬間はっきりと覚醒《かくせい》した。池に泳ぐ魚や、
山に鳴く鹿でさえ、人に捕えられて殺されようとするのを見ながら助けてやらなけ
れば、まことに不憫《ふびん》で悲しかろう。まして人の命を……常々諭される僧都の言葉が
よみがえってくる。

厨に行って見ると、幸い釜《かま》に湯が沸いていた。あるだけの布巾《ふきん》をかきあつめ小盥《こたらい》
に湯を充《み》たし部屋に運んだ。

濡れた黒髪を女の頭上一杯に拡げ、熱くしぼった布巾で女の顔を温めた。その上
から両掌で出来る限り優しく女の頬を撫《な》でつづけた。みるみる布巾が冷たくなって
きたのでそれをとって見ると、女の白蠟の頬にほのかに桜色がさしていた。やれ嬉《うれ》
しやと思う心躍りから、女の濡れた衣類を脱がしてしぼりあげた。

熱くしぼり直した布巾で、こわれた人形のように痛々しく転がされている女の裸
体を、拭《ふ》きあたためようと坐《すわ》り直した時、はじめて自分の今していることの大胆不
敵さに全身が熱くなった。急いで自分の墨染の衣を脱ぎ、女の裸体の上にひろげた。
しかしその前に、一糸もまとわぬ女の全身は隈《くま》なく目に灼《や》きついていた。一点の染

みも曇りもない女の白い軀《からだ》の中心に、黒々と翳っていた陰毛の思いがけない猛々《たけだけ》しさに衝撃を受けたおのれの、激しい胸の鼓動が、部屋中に響いているような気がして目があげられなかった。

その瞬間、あのまろやかで握りつぶしたいような可愛らしい双の乳房も目にしっかりと収めていた。すべてはあまりに清らかでまばゆかった。

「どこにいるのですかその女《ひと》は、誰が看《み》ているの」

妹尼君の声が、疳高《かんだか》く聞えてくる。声の場所の遠さを計り、あわてて懸けた衣をはぎ、しぼったばかりの女の衣類をまといつけた。信じられない素速さでそれが終り、おのれの衣を身にまとった時、尼君が部屋の灯を探し当てて来た。

あの夜を境にすべてが変ってしまった。

妹尼君はあのお方を、亡くした自分の娘の替りに初瀬の観音がお恵み下されたものと信じこみ、小野の庵《いおり》へつれ去ってしまった。

幸い母尼君の病いも日を追って快方に向かい、僧都も愁眉《しゅうび》を開かれていた。

あのお方は意識が戻ると一言だけ、

「この世に不用の者です。夜、川に投げ捨てて下さい」

と口走ったきり、唇を閉ざしてしまった。

必ず一度は投身したのだと思っているのはおのれひとりで、誰も、物の怪《け》があそこの木の根方に運んで捨てて行ったものと考えているふうであった。おのれとても、投身した身がどうして、どのようにして、あの暗い木の根方にたどりついたか思い描けない。あのお方はすべての記憶が消え去り、言葉まで大方忘れてしまったようで、何を訊《き》かれても答えられなかった。

「相変らず食欲もなく鬱々《うつうつ》として痩《や》せ細るばかりです。どうかもう一度だけ、山を下りて助けてやって下さい」

と妹尼君から僧都に懇願の手紙が届けられたのは、あれから、二ヵ月も過ぎてからであった。

僧都はその手紙をおのれにもお見せになり、

「あのまま宇治の院にうち捨てておけば死んでしまっていたことだろう。前世の因《いん》縁《ねん》で結ばれていたからこそ、自分が発見もし、蘇《そ》生《せい》させたのだろう。こうなれば試しに最後まで加持祈禱《きとう》に全力を尽して助けてみよう。それでも助からないとなれば、女の定命《じょうみょう》がそこまでで尽きたのだと思うことにしよう」

とおっしゃって、おのれにも同道して共に祈れと命じられたのだった。実はこの一月ほど前に、尼君からおのれに内密の手紙が届けられて、僧都に内緒で加持祈禱に出かけていた。あのお方にもう一度お逢《あ》い出来るなら、意識のないむくろのようなお姿でもいいと思っていたのだ。

尼君は乳呑児《ちのみご》のおのれを、二年ほど僧都から託され育ててくれたことがあるという。こちらは全く記憶にもないのだが、尼君の方ではそれだけで僧都の只《ただ》の弟子とは区別しているらしく、僧都には言えないことも、打ちあけられることもあった。

それでもこの庵に引き取ってからは、貴顕のお邸の姫君のように几帳《きちよう》で隔てて、そのお姿をかい間見もさせないように気を配っていた。

「ぐったり寝ついたまま、相変らず一言も口を利かないのですよ。時にはわざと記憶を失ったふりをしたり、言葉も忘れてしまったふりをしているのかと思うことさえあります。やつれたらやつれたで、また言い様もなく﨟闌《ろうた》けてきてこの世の人とも思えないようなお美しさ」

と言ってから、

「実は宇治でもしかしたら軀に傷でもしているのではないかと、全身隈なくひそかに調べたけれど、一点の傷あとさえなく、それはもう目がくらむほどきれいでしたよ」

と声をひそめて告げたのだった。あの時ほど尼君を憎んだことはなかった。刀を持っていたら、思わず一太刀あびせたかもしれなかった。おのれひとり見たと思っていたあのお方の無垢玲瓏《むくれいろう》のお軀を、女といえどもおのれ以外の人の目に穢《けが》されたかと思うと、腸《はらわた》が煮えかえるようであった。

その日は祈禱に、格別芥子《けし》を使ってくれと言われた。それを言われた時、思わず顔色の変ったのを感づかれはしなかったかと心がひるんだ。

このところ、山でずっと護摩《ごま》をたく時、芥子をずいぶん使っている。芥子の量が多ければ多いほど、燃え上る炎の中に、観想するものがありありと顕《た》ち現われるからであった。この節護摩の炎の中に決って現われるのは、あのお方の全裸の立ち姿だった。猛々《たけだけ》しい黒い炎を白珊瑚《しろさんご》のように照り輝く裸身の中心に燃えたたせた……。

その日の庵での祈禱が失敗に終ったのは当然であった。

僧都とおのれが小野に下山すると聞いて、弟子共が口々に反対した。

「朝廷からのお召さえお断りして深く山に籠《こも》っておいでなのに、何の関りもない素姓も分らぬ怪しい女の加持祈禱のために下山なさいますなど評判になれば、憚《はばか》りが多うございますまいか」

「わけもわからぬ者どもが、この加持祈禱のことを、口さがなく言い散らしますと、それがすなわち仏法の瑕《きず》ともなりますまいか」

などとあれこれ申し立てる。僧都は珍しく怒りをあらわに示され、

「うるさいな、お前たちはとやかく言うな、拙僧は破戒無慚《むざん》の法師で、戒律の中に破った戒も多いだろう。しかし女犯《にょぼん》の戒についてだけは、まだ世間からとやかく後指さされたことがない。また真実、自分は女犯の過ちをつゆ犯したこともない。それなのに、齢《よわい》六十を越えて今更に、世間から女色《じょしょく》の件で非難を蒙《こうむ》るようなことがあれば、それも前世の因縁であろうよ」

とおっしゃったのだった。さらに、

「もし、この祈禱中に効験が現われなければ、将来二度と加持祈禱はしない」

と断言なさり、あれやこれやと、様々な誓いの言葉を仏に申し上げるのだった。

今日は法師に従えばいいのでおのれも久方ぶりに祈禱に没頭出来、爽《さわ》やかな感じがした。徹夜で祈りつづけていると、明け方になって病人に憑いていたしぶとい物の怪が憑坐《よりまし》に乗り移った。

僧都もおのれもいっそう声を荒らげて祈禱の声を励ますと、飛び上りあばれ廻《まわ》っていた憑坐が、突然野太いわめき声をあげはじめた。

「俺はお前などに調伏《ちょうぶく》されるような者ではない。昔はこれでも仏道修行一途《いちず》の法師であった。死後にわずかばかりこの世に怨恨《えんこん》を残していたので成仏出来ず、中有《ちゅうう》に

さまよい歩いていた時、宇治川の畔《ほとり》の、美しい女が大勢住んでいた処に住みついたのだ。そこで一人の女は取り殺してやったが、ここにいる女は、自分からこの世を恨みつづけて、どうかして死にたいと、夜となく昼となく思いつづけ口にもしていたので、それにつけこんで、ある真の闇夜に、たった一人で縁側に出て入水《じゅすい》したがっていた女に取り憑《つ》いたのだ。しかし初瀬の観音がこの女を何かにつけ守護なさるので、法師の法力についに負けてしまった。無念だが退散しよう」

と大声でわめきたてる。僧都が、お前は何者か、と烈しく畳みかけたが、物の怪の方も力尽きたのか、名乗れないまま消え失《う》せてしまった。

物の怪の去った病人は、ふっと爽やかな表情になり、目を開いて不審そうに我々の顔に次々目を移してゆく。

「ああ、ようやく正気になられましたか」

と尼君が喜びの余りわっと泣きながら取りすがると、あのお方はさも気味悪そうに身を縮めて、迷惑そうな表情をしていた。

なお何日か僧都と共に庵に留《とど》まって、物の怪が帰って来ないよう祈禱をつづけていたが、あのお方は、生き返ったことを喜ぶどころか、

「どうせ生きてゆけない身の上なのです。尼にして下さい」

とさめざめと泣く。僧都は女の頭の頂の髪だけを少し削《そ》ぎ、在家《ざいけ》の信者の守る五戒だけを授けておあげになった。それでは物足りないという表情をしていたが、それ以上言いつのるような強い性格ではないらしく、おとなしく僧都に掌《て》を合せて見送っていた。

横川への帰り道、物思いにふけっていられる僧都に、思いきって尋ねてみた。

「あの物の怪は、これまでに調伏した物の怪の中でも、全身に粟《あわ》だつような恐ろしさでしたが、一般の人々の恨みより、僧侶《そうりょ》の恨みの方が強烈で罪深いものなのでしょうか」

「そうよなあ」

僧都は珍しくお疲れになった風情で、道端の石に御自分から腰を下ろされて嘆息をおつきになった。

「あの物の怪のわめき声を聞いていると、はからずも昔染殿《そめどの》の后《きさき》にお憑き申し、紺《こん》青鬼《じょうき》になったという尊い上人《しょうにん》のことを思い出した。有徳の上人なのに、后の御病気に平癒の祈禱をされた折、絶世の美貌《びぼう》と伝えられていた后に心奪われ、煩悩《ぼんのう》の鬼となってしまった。后はその鬼が訪れるとたちまち別人になって、鬼に取りすがり見るに耐えぬ嬌態《きょうたい》を演じられたそうな」

「存じております。帝《みかど》の御前だというのに、百官の居並ぶ前で恥かしい痴態を平然と繰り返されたとか」

「そうよのう、僧侶に課せられた十戒《じっかい》の中でも、殊に守り難いのが邪淫《じゃいん》戒であろう。それじゃによって釈尊は、この戒律に最も重い罰を当てられている。女人成仏をなかなかお認めにならなかったのも、男を惑わす魔力をどの女でも身内に秘めている恐ろしさを、御身にしみて御理解されていられたからであろう」

「御身にしみてとは」

「釈尊はわれらのようにはじめから女性《にょしょう》の肌を知らぬお立場ではあらしゃらなんだ。妃《きさき》も幾人もあれば、皇子もおいで遊ばした。おそらく二十九歳で御出家遊ばすまでは、女性の肉の快楽を味わい尽していられたであろうぞ。それだけに女性の肉の魔力の恐ろしさを、身に徹して記憶されていられたのではあるまいか」

叡山の谷々は燃え立つような新緑におおわれ、息苦しいほど樹々の精気があたりに満ち渡っていた。新緑の精気にあぶられて、若いおのれの肉の奥から、押え難い性欲が湧き上ってきていた。深い呼吸でそれを押えつけながら、しばらくは口もけなかった。

「近頃、眠りが浅いようじゃな」

「…………」

「食も細うなっている」

すべてお見通しなのだ。恥かしさで面が上げられなかった。

「お師匠さまには、かつてそうした煩悩の悩みは、何ひとつ味わうことがあられませんでしたか」

僧都は突然、からからと無性に明るい笑い声を立てられた。

「何を言うかと思えば。大徳よ、吾《われ》こそは煩悩の凡夫《ぼんぷ》ぞ、そなたも、生きとし生けるあらゆる衆生《しゅじょう》も、すべては凡夫ぞ。凡夫は死ぬまで凡夫じゃ。煩悩の中よりあげる凡夫の必死の念仏こそ、み仏のみ胸にまっ直ぐ届けられる」

護摩の炎の中に青黒い活力にあふれた不動尊のお姿ではなく、玲瓏《れいろう》の玻璃《はり》細工のような、あえかな女人の裸身が浮びますと告げたかったが、声にならなかった。

「谷に降りて滝にでも打たれて来ればいい」

僧都は腰を上げ、振り返らずすたすたと一人、山径《やまみち》を登って往《ゆ》かれた。

その頃であったか、湖北の禅寺の若い修行僧が、魔羅《まら》断《だ》ちを仕損ねて発狂し、琵《び》琶湖《わこ》に飛びこみ死んでしまったという噂が拡まった。僧の傷口からあふれる血汐《ちしお》が湖のそこだけを三日三晩染めていたとかいう話を、まことしやかに語る者さえいた。

それからは月に二度、僧都の代役で小野の庵《いおり》を訪ね、あのお方の加持祈禱《きとう》を務めていた。

ある日、入口でおのれと同じ年恰好《としかっこう》の、都の公達《きんだち》の帰る姿にすれ違った。客人を見送りに立っていた妹尼君が、いつもより華やいで上機嫌なのが目立った。

「亡くなった娘の夫だった中将です。あの方がこちらの姫君に想いを懸けられ、都のお邸《やしき》に北の方として迎えたいとおっしゃるのだけれど」

その日のあのお方は殊の外ふさぎこんでいられた。いつも几帳《きちょう》をへだてての加持だが、几帳の裾《すそ》にわずかに流れている黒髪の裾が目に入る日は幸運であった。几帳の向うでため息を洩《も》らされる気配がする度、祈りの言葉も忘れそうなほどわが心も乱れるのであった。

その日は祈禱の間じゅう几帳の向うからため息がしきりに洩れていた。

加持が終った時、突然、あのお方の声に呼びかけられた。

「阿闍梨《あじゃり》さま、お願いがございます」

あの華奢《きゃしゃ》なお軀《からだ》にふさわしい、それはいたって繊細で透明な声音であった。

「何なりとお申しつけ下さい」

坐《すわ》り直すのを待ちかねたように、

「僧都にお願いして下さい。どうしても、どうしても出家させていただきとうございますと」

「さあ、それは」

「阿闍梨さま、お怨《うら》みに存じます」

胸に刃物を刺されたような、哀切で切迫した声音であった。

「宇治の院で死にかけていたわたくしを発見なされたのは、あなたさまと伺っております。あの時、そのまま死なせて下さったら、こんな苦しみはなかったものを……切のうございます」

あまりに悲痛な声に居たたまれなく、夢中で逃げ出していた。その願いごとは僧都には伝えなかった。伝えられなかった。

その年の夏も過ぎ九月になった。僧都はまたしても籠山《ろうざん》の誓いを破らねばならなかった。

帝と明石《あかし》の中宮《ちゅうぐう》の間にお生れになった女一の宮が、執拗《しつよう》な物の怪《け》に悩まされていられて、比叡山のお座主が御祈禱にいらっしゃったが験《げん》がなく、やはり横川の僧都にお願いしなければと、次々御使いが横川へ登っていらっしゃったのだった。わがことを犠牲にしても、まず人を救うことを何よりの勤めと心得ておいでの僧都は、またしても下山して宮中へ参内するはめになられた。

その途中、気がかりな小野の病人も見舞ってやろうと、突然日の暮れ方、僧都が庵に立ち寄られた。たまたま妹尼君がまたしても初瀬に参詣《さんけい》を思い立たれ、庵のほとんどの尼たちがそれに従って、庵はがらんとしていた。呆《ほう》けてしまった母尼君と病気がちの姫君と、わずかな婢女《はしため》だけが留守をしていた。

その晩あのお方を見舞われた僧都と、どういう話し合いがされたのか、その場にいなかったおのれは知らない。いつになくこまごまと話しこまれた様子に気を揉《も》んでいると、僧都がお呼びになった。

「どうしても姫君がこの度出家をとげたいとおっしゃる。お若い身で将来お心が変られるようなことがあれば、かえって罪障になるとお止め申したがお聞き入れになられぬ。思いつめられて、出家出来なければ死ぬと仰せになる。思案の末、僧侶としては善女《ぜんによ》の出家の願望をお止めすることは出来ぬ。ただし、突然のことで何の用意もない。一まずわが衣と袈裟《けさ》をお貸しして、得度《とくど》の式をあげてさし上げよう。大徳も手伝《てつど》うて下され」

とおっしゃるのだった。先日の切なそうなお声も耳にこびりついているので驚きはしなかった。そうなればあの中将なんどの手にゆだねられることはなくなると思うと、むしろ、出家こそがそれを逃れる唯一の方法かと思われてくる。それにしても、これほど頑固に出家に固執するのは、よくよく辛《つら》い過去をお持ちなのだろう。このお年頃や御器量なら、悩みは色恋と知れている。どんないり組んだ恋の経験をなさったことやらと思うと、あられもない嫉妬《しっと》にそそのかされ全身に熱い血がかけ廻《めぐ》り、胸の動悸《どうき》が人に聞かれはしないかと怯《おび》えるのであった。

得度の支度のすべては別室で行われ、式を行う部屋に呼び入れられた時は、秋草の乱れ咲いた模様の几帳の向うに、姫君はしんと坐っていられた。几帳の向うから蒔絵《まきえ》の櫛《くし》の笥《はこ》の蓋《ふた》と、和紙で胴を巻いた鋏《はさみ》がさし出された。

「大徳よ、み髪《ぐし》を下ろして差し上げなさい」

と僧都の改まった声がかかる。

このお方はこうするしか方法はないのだと、ひとり納得したつもりでいても、ふいに几帳の帷子《かたびら》のすき間から、御自身のお手でこちらへ向かってかき出してこられたお髪が、あまりにも豊かでつやつやと輝き、大きな生き物のように、どっと躍り出す勢いで、おのれの眼前に波打った時には、その媚《なま》めかしさとあでやかさに息も止まりそうになった。

あの夜、水に濡《ぬ》れそぼっていた髪を掬《すく》い上げたなまなましい感触が、手にも顔にも首にもよみがえってきて、目の中に光がはじけるふうであった。思わず恍惚《こうこつ》として、為《な》すべきことも忘れはてた。しばらく見惚《みと》れて鋏を片手に茫然《ぼうぜん》としていた。はっと吾に還《かえ》って、右手の鋏を持ち直し、左手で目の前にあふれのたうっている黒髪を、しっかりと掬いあげた。あの時の凍りついたような冷たさはなく、千筋の一本一本のすべてに血が通い、生命が宿っている温かさがあった。あの夜、目にも心にも軀の芯《しん》にも灼《や》きついてしまった清浄の裸身が、目の奥に揺れた。

六尺に余る髪のなかばと思うあたりに鋏を入れた。髪はきちきちと哭《な》き声をあげる。一筋ずつが身を固め合い思いがけない強い抵抗を見せた。その間も髪の哭き声がむせぶように聞えてくる。天然の油を含むのか、髪は刃をすべり易く捕え難かった。いつの間にかおのれの額にじっとりと汗が滲《にじ》んできた。

剪《き》ったあふれる黒髪は、櫛笥《くしげ》にとうてい収めきれない。残りの髪は用意の紙に包みこんで櫛笥の横に置いた。その時、誰の目もないのを確かめてから一握りの黒髪を別の紙で抱きこみ、素早くおのれの衣の懐にしのびこませた。

「不揃いなので、後でどなたかに整え直させて下さい」

つとめて声を押し沈め、几帳の向うに言った。額髪は僧都御自身がお剪りになる気配が感じられた。

光源氏《ひかるげんじ》の君の御嫡男の薫《かおる》大将殿が、横川に僧都を訪ねて見えたのは、それから二カ月ばかり後であった。

僧都はこうした貴顕の、今をときめくお人のわざわざの参詣に恐縮しながら、本来のこだわりのないお心の自在さで、喜びを率直にあらわして歓迎された。

門前で偶然お出迎えした時から、おのれはこの大将のあまりにも端正すぎる目鼻立ちや、一分のすきもない立居振舞に、理由のない反撥《はんぱつ》を感じてとまどっていた。愛を覚えた者のみに通じる直感というものだろうか。この大将が、小野で出家したばかりのあのお方にとって、不吉な暗い風を持って来たような気がしてならなかった。そしてその予感は当っていた。あのお方は大将が宇治に囲っておかれた囲い女《め》で、去年失踪《しっそう》して死んだものと人々に思いこまされていたというのである。

僧都があのお方の出家のことを、女一の宮の御祈禱のあとで口軽にも明石の中宮にお話ししたことから、薫の大将のお耳に入ったのであった。その上、僧都はあろうことか、この日大将に頼まれて、あのお方に、

「何の事情も知らず御出家させたのは、早まったまちがいであったと、気がとがめています。大将どのに、あなたの御出家を、仏のお叱りをお受けになることのように聞かされ、驚愕《きょうがく》しております。そうした御関係なら、昔の御縁を取り戻して大将

殿の愛執の罪を晴らしてさし上げなさい。一日でも出家すれば、その功徳《くどく》は量り知れないものがありますから、そうなっても仏を信じつつお頼りなさるように」というようなお手紙をお書きになった。僧都は激しい修行中に眼を患われ、御不自由なので、自分の書いたものは必ず音読してたしかめる癖がおありになる。それを襖《ふすま》のかげでおのれははっきり聞いたのであった。

その夜のうちに横川を出奔してしまったのは、どういう心からだったか。大将の権勢と僧都のうながしで、あのお方はとうてい出家を貫けまいと思いこんでしまったのだ。僧都の手紙は仏への裏切りではないかと、一途《いちず》に思いこんでしまったのだ。

あのお方への妄執を道づれに、どこの辺土に朽ち果てようと悔はないと、覚悟しての果しない流浪の歳月。どれほど苦しい時も、あの一房の黒髪を懐に抱きしめている限り、生き耐えてこられたのだ。

長い歳月の流浪の中で、横川の僧都こそ、戒律を超えた広大な信仰の聖人、何ものにも捉《とら》われない自在無辺の高徳と慈悲の生菩薩《いきぼさつ》という、有難い認識にようやく落着いてきた。

あのお方は還俗《げんぞく》などなさらず見事出家を遂げきり、あれから五年後、流行病《はやり》いで浄土へ清らかに旅立たれたとか。

死をあれほど望んでいたのは、薫大将のほかに、色好みで名高い匂宮《におうみや》の愛をも受けてしまい、二人の愛のはざまで悩み抜かれた果だったと聞く。

それすら、風の運んでくれたはかない噂にすぎぬ。真実がどうあれ、この懐の黒髪だけがおのれの妄執のいまだ尽きせぬ証《あかし》であろう。

（新潮文庫『髪』に収録）

桜子日記

永井　路子

永井路子（ながい・みちこ）

1925年東京都生まれ。東京女子大学国語専攻部卒業。編集者を経て、文筆業に入る。64年『炎環《えんかん》』で第52回直木賞、82年『氷輪《ひょうりん》』で第21回女流文学賞、84年第32回菊池寛賞、88年『雲と風と』で第22回吉川英治文学賞、2009年『岩倉具視《ともみ》 言葉の皮を剝きながら』で第50回毎日芸術賞を受賞。他の著書に『北条政子』『王者の妻』『朱なる十字架』『歴史をさわがせた女たち』などがある。23年逝去。

一

長い間、和泉式部《いずみしきぶ》さまは私にとってあこがれの人でした。みなし子の私が、なき父の縁をたどって、式部さまのお屋敷に上れるときまったときは、ですから、どんなにうれしかったことか。

お美しくて、お歌がお上手で……。いえ、まだそのころは、歌のほうはあまり知られていませんでしたが、お若いころから、はなやかな噂はたえずあの方につきまとっていたのです。

父君は冷泉上皇《れいぜいじようこう》のおきさき、昌子《しようし》内親王におつかえする高官、母君はその昌子内親王さまのお小さいときからの乳母《めのと》でしたから、あの方は子供のころから、内親王の御殿に出入りし、そのかわいらしさ、おしゃまぶりが早くから御殿に参上する公《く》家《げ》の若君の間では話題になっていたらしいのです。

まだ十になるやならずのあの方に、なにがしの若君が、真剣な恋文を送られたとか、十三、四になると毎晩のようにあの方のお屋敷のまわりをうろつく人がいるとか、早熟のあの方は、その中のもう何人かを寝所にひきいれたとか……が、そんなことでも、あの方の場合には悪評にはならず、むしろ小妖精《ようせい》としてのあの方の人気をたかめるもとになっていたようです。

が、御結婚は、意外に地味で、噂のあった若君の誰かれでなく、和泉守《いずみのかみ》になられた橘道貞《たちばなのみちさだ》さま、年もかなりへだたった受領《ずりよう》――地方官でした。それだけに道貞さまのおよろこびはたいへんなもので、御自分の三条のお屋敷を、そっくり、あの方御一家にあけわたしておしまいになったほどです。ふつうなら夫が妻の家にやってきて結ばれるしきたりの中で、これは目をみはらせるような大事件でした。私がおつかえしはじめたのは、そのころですから、つまり私は、道貞さまのお屋敷に上ったことになります。

国の守（長官）になるというのは、そのころの役人の生涯の目標になっていたようですが、お屋敷に入ってみて、なるほど、とその意味がわかりました。和泉という国は小さく、したがって、和泉守は、他国の守に比べてそれほど実入りもないとかいうことでしたが、それにしても、お屋敷のみごとなこと、広々とした殿舎が幾棟も幾棟も廻廊《かいろう》でつながれ、背後に軒を並べた納蔵《おさめぐら》には、入りきらないほどの米や絹綾《きぬあや》、財宝があふれていました。

——これを道貞さまは、そっくりあの方におゆずりになってしまったのかしら……と、まだ十二やそこいらだった私は、はじめのころ、お屋敷の広さ、豊かさに、足のすくむ思いでした。あの方の父君は、昌子内親王にお仕えする高官ではありましたが、まだ国の守になったことはなく、財力からくらべれば、道貞さまのほうが数段上だったでしょう。

もっとも、お役人というのは、お金があるだけではだめで、中央でもしかるべき役目につかなければ幅がきかないのだそうですが、道貞さまは、あの方と結婚された直後に、昌子内親王の後宮の役人を兼任することになりました。これはもちろん、あの方の父君のご推薦で、父君の補佐役というような形で、和泉の任国と都を往復されることになったのです。

お目見えに出たときから、あの方は私をお気に召したようです。

「桜の花の盛りに目見えに来たそなたは、桜子《さくらこ》」

そんなふうに即妙に名前をつけたりするのがお好きらしく、その日以来、私は桜子とか、子桜、桜の子などと呼ばれるようになりました。

私がお屋敷に上ったころ、もうお二人の間には姫君が生れておいでででした。その姫君のことで、私には忘れられないことがあるのです。

いつでしたか、私がお居間に入ると、あの方は道貞さまとお二人で、姫君の相手をしていらっしゃいました。よちよち歩きの姫君は、色白で、すずやかな眼もとは、まったくあの方ゆずりでした。

「ほんとうに、お母さまそっくり……」

どんなにお美しくなられることか、と言いかけた言葉は、

「そう思うの、桜子も」

はなやかすぎるあの方の笑い声でさえぎられました。

「そんなに似ていて？」

からかうように、私をみつめ、

「じゃあ、和泉守（道貞）さまとは？」

あらためてお聞きになるのです。

「さあ……」

「似てないと思うのね」

「……はい」

ふたたび、あの方は、はなやかな声でお笑いになりました。

「桜子までがそう言うわ」

からかうようなあの方の眼は、今度は道貞さまにむけられました。

「ご存じ？　みんなが、そう言っていること」

「え？」

ふと道貞さまの眼に当惑が浮かんだのを気づかないかのように、あの方はおっしゃったのです。

「この子の父親は、どこのだれでしょうって――」

瞬間、私は体の中の血が蒼《あお》ざめる思いがしました。

――いえ、けっして、そんなつもりでは……

言おうとして言葉がのどにつまりました。

が、あの方は、そんな私には目もくれずに、

「だから、私言ってやったの……」

甘い、やさしい声で、すらすらと口ずさまれたお歌はよく覚えていません。なんでも、

「さあ、誰でしょう。昔のことをご存じの方にでも聞いてごらんになったら？」

と、いうような意味だったと思います。

「ね、なかなかいいできだと思わない？」

さらりと、まるで、いたずらっ子のようにおっしゃったのです。

私は思わず息をつめました。見てはならないものを見る思いで、そっとぬすみ見した道貞さまの顔は、しかし、意外にも無表情でした。

「ね、どう？」

かさねてお聞きになったとき、

「いい歌だよ」

静かな声でそう御返事なさいました。

そのお声に、かえって、その場にいてはならないほどどぎまぎしたのは、私が幼かったせいでしょうか。

この後も、私はお二人のこうしたやりとりの場には何度か居あわせてしまったことがあります。そのたびごとに、道貞さまは、いつも無表情でしたし、あの方はとりわけ美しく、あどけなくさえ見えるのでした。

あの方らしい甘ったれだったのかもしれません。大人の世界には、こんないたずらがよくあることは、あとになって知りました。なにごとについても懶惰《らんだ》で、ものに驚かなくなってしまっている上流社会では、このくらいの危うさを含んだ会話でなければ、気のきいたやりかたではなかったのです。

が、このことから、私のあの方に対していだいていたあこがれめいた思いが、ちょっぴりゆらいだことはたしかです。それまでも、多くの男性との噂は、私の幼い耳にも聞えてきていましたし、そのことによって、私はなおさらあの方を美しい絵巻物の中の姫君のようにさえ思っていたのでしたが、そのとき、私の眼裏《まなうら》に浮かんだのは白い股《もも》を開いて男と交《まじわ》っている、あの方の姿でしかありませんでした。

身ごもるということが、少女の私には、へんになまなましく感じられたせいでしょうか、ある索漠たる思いが、かすかに胸を吹きぬけてゆきました。

二

あの方の父君のお仕えする昌子内親王が御病気になられたのは、それからまもなくのころです。御病状があまりはかばかしくないので、治療に専心なさるために、宮中を出て、あの方のこのお屋敷に移られました。

このお屋敷――表向きはあの方の父君の家ですが、もとはといえば道貞さまのお屋敷です。庭のひろい、棟数の多いこのお屋敷は、御所の人々を受けいれても、さほど手狭な感じにはなりませんでしたが、こういうとき、家族は御殿をすべて昌子内親王さまにあけわたし、他に移るのです。もっともそれから毎日内親王さまのおそばに出仕するのですから、形の上では同じようなものでしたが。昌子さまお移り以来、人の出入りは驚くばかりにふえました。皇族や高官の方々がひっきりなしにお見舞にいらっしゃるからです。

道貞さまやあの方の父君は、その応対に忙殺され、私のような少女まで、たびたびお取次ぎにひっぱり出されました。私が、ある少年とめぐりあうようになったのも、そのためです。

桂丸《かつらまる》という彼の名を知ったのは大分あとになってからです。背が高くて――その背の高さがひどく不器用な感じで、立っているだけで自分をもてあましているような彼は、口上さわやかな諸家の使の中ではその要領の悪さがひときわ目立ちました。お見舞の言葉を申し述べるだけのもの、献上品を届けるもの、さらに中に入って側近に会うもの、それぞれたくみにさばかれてゆく中で、桂丸だけは、その流れからはみ出して、ぽつんとしているのです。

「御用はなあに」

気の毒になって私は彼をさしまねき、そっとたずねました。

「弾正宮《だんじょうのみや》さまから、これ」

不器用に朽葉《くちば》色の薄様《うすよう》をとり出すと、私の前へつき出すようにしました。

弾正宮為尊《ためたか》親王は、冷泉帝の皇子――といっても昌子内親王のお子さまではなく、別のおきさきの御子ですが、人なつこい方で、内親王さまの後宮へもよくおいでになりましたし、ここへ移られてからもお見舞に来られたこともあります。

「お見舞のお手紙ですか」

「うん」

受けとろうとしましたが、桂丸は、まだ手紙をしっかりと握っています。

「ご寝所へお届けしましょう」

と言うと、

「ううん」

子供のように首を振りました。

「和泉守どのの北《きた》の方《かた》にお渡しするんだ」

怒ったような口調でそう言いました。世なれないその言葉。眉《まゆ》も眼も口も、子供から大人への変りめの、不安定なごつごつしたものをむきだしにしたままの少年に対して、ふっと心がゆるみました。日ごろ大人の世界につま先立ちし、体を堅くして生きてきた私は、同じ年ごろの、私よりもさらに世なれない少年を見て、ほっとしたのです。

「わかったわ」

背の高い桂丸に、多分、私は姉のような微笑を浮かべていたと思います。それでも、なかなか彼は手紙を渡そうとせず、

「さあ、こっちへくださいな」

催促されて、やっと、

「返事をください」

怒ったようにそう言いました。

あの方はそのとき、おきさき、昌子内親王の御病室の隣につめておられましたが、私の手から薄様を受けとると、さらりと眼を通し、

「拝見しました。御病状は明日もお変りないでしょうが、お見舞をお待ちしますって」

なにげなく、そうおっしゃいました。桂丸といえば、それを伝えると、子供のようにうなずき、そのまま礼も言わずに、すたすた、もう歩きだしているという愛想のなさ。

――なんておかしな子……

私は思わず肩をすくめてしまいました。

その翌日は、為尊親王は后宮《きさいのみや》のお見舞にはおいでになりませんでした。それとはなしに車のきしみに耳を傾けたり、門のほうのざわめきにのびあがったりしたのは、私の心の底のどこかに、あの世なれない少年のおもかげがひっかかっていたからかもしれません。

――あの子、ほんとうにそのとおり宮さまにお伝えしたのかしら……

返事もしないでいってしまった後姿が、ふと気懸りになりました。

冬のはじめのころだったと思います。葉を落した裸木がつめたい夕映えの中に黒々と浮かびあがり、やがて訪れてきた薄闇の中に溶けかかるころ、三日月が光りはじめたのを覚えています。

その寒そうな月が落ちると、あたりの闇はひときわ深くなりました。后宮のお加減は寒さが加わるにつれて悪くなる御様子なので、お屋敷も夜は特にしめりがちになります。御加持の僧の夜もすがらの読経《どきょう》がものものしく、離れた局《つぼね》にいる私のところへまで、禍々《まがまが》しい潮鳴りかなにかのように響いてきていました。

何刻だったでしょうか、渡殿《わたどの》との境の板戸をしめ忘れたことに気づいて、私が急いで縁に出たのは……。外は真闇《まやみ》でした。が、私は手にした燭《しょく》の頼りなげな灯先《ほさき》に、まぎれもない人影を感じたのです。

――誰？……

と聞くより先に、ある予感がありました。そして盛りをすぎてうなだれている萩《はぎ》の前栽《せんざい》のかげに、まさしく、私は昨日のあの少年の顔をみつけたのです。灯《ほ》あかりにおぼろげに浮かびあがったその顔は、昨日と同じに、怒ったような表情を浮かべていました。

「あなただったの」

私は少し声をはずませていたのかもしれません。

――ああ、やっぱり来たのね……

そんな感じでした。が、少年は私の顔を見るなり、光の輪の外へ後退《あとじさ》りをはじめました。

「どうしたの」

とっさに考えたのは、弾正宮からなにか言伝《ことづ》てを持ってきたのに、例の不器用さから取次ぎも頼めずにうろうろして、ここまで迷いこんできたのではないかということでした。

が、桂丸は私には口を開かせませんでした。お取次ぎならしてあげてよ、と言うまもなく、ぷいと横をむくなり、身をひるがえして闇の中へ逃げて行ってしまったのです。

――ほんとにおかしな子……

が、その少年らしいかたくなな不器用さは、決していやな感じではありませんでした。が、そのときは桂丸と私のかかわりあいは、それきりになりました。その翌日あたりから、后宮の御容態が急に悪くなってしまったからです。

僧たちの読経、修法《ずほう》の声は、ますますかまびすしくなり、お見舞の客はひきもきらず、御病状は一進一退をつづけましたが、その年の十二月一日、ついに崩御、御葬送以下の仏事が終ったときは、その年も終ろうとしていました。そして宮の崩御は、あの方の身の上にも、大きな変動をひきおこさずにはおかなかったのです。

昌子内親王の崩御により、宮に付属する役所は自然解消されることになりました。長い間宮をお世話申し上げた道貞さまは恩賞の沙汰《さた》をうけられたあと、本官の和泉守にもどって任国へ下られることになりました。

私たちはこのとき、当然あの方も和泉へ行かれるのだろうと思っていました。が、なんと現実に和泉へ下ったのは、まったく別の、時の帝《みかど》、一条《いちじょう》帝につかえる左京《さきょうの》命婦《みょうぶ》という人でした。そうです、道貞さまは、命婦を正妻となさったのです。しかも和泉に下るに先立って、あの方とは、はっきり離婚なさっておしまいになりました。その上、

「離婚ときまった以上、この家からは出ていってもらいたい、今すぐ――」

と言われたとかで、私たちはにわかに三条の広いお屋敷を出てゆかなくてはならなくなったのです。

「こうなのよ、男なんてものは。世の中が変れば、すぐ手の裏をかえしてしまうんだわ」

頰をやや蒼白ませて、投げやりな口調であの方はそうおっしゃいました。

昌子内親王がなくなられ、その役所が解散され、出世の望みがなくなったから、私を捨てて行ってしまうのだ、という言葉が、すぐには信じられなかったのですが、でも、あの方は、しきりに言い張るのです。

「それにきまってます。ごらん、今度は左京命婦さまに目をつけたじゃないか。あの方は帝にお仕えしているからね。その口ぞえで出世しようっていうのよ」

おだやかで、ひかえめで、昌子内親王さまに献身的にお仕えしていたと思われたあの道貞さまが、肚《はら》の底でそんなことを考えていようとは思いもしなかったのです

が、そのとき、ふと目に浮かんだのは、お仕えしてまもなく、姫君をあやしながら、あの方が、

「この子の父はどこの誰？」

とおっしゃったときの光景です。

あのとき道貞さまは、気味の悪いほど平静でした。年のちがうあの方のいたずらを、しようがないなあ、といってみつめているような、そんな眼をしていらっしゃいました。が、夫と妻の間の信、不信につらなるああいうことを問題にされなかったのは、その裏に、計算高い駆引がかくされていたというのでしょうか。国の守とか中央の高官になろうというような人は、そういうものなのかもしれません。

それにくらべて、日ごろわがままで強気なあの方は、おかしいくらい取り乱されました。

「捨てられたんだわ、私」

「あの人が愛していたのは私じゃなくて、お父さまのお役目や宮さまの御所だったのよ」

長い髪をふりみだして、泣きもだえられたりされてから、やっと気がすんだのでしょう。

「捨てられたら捨てられたで、しかたがないわ、ねえ、桜子」

むしろすてばちに近い強さが、その言葉の中にはあるようでした。

そのときは、なにやら手前勝手なお嘆き、というような気がしましたが、後で聞いたところによると、道貞さまは、昌子内親王さまがお崩《かく》れになる前に、もう見切りをつけて、次の出世の手蔓《てづる》を探りあてておられたのです。身をすりよせてゆかれた先は、左大臣藤原道長《ふじわらのみちなが》さま、ときの帝の御後見《みうしろみ》をされておられる、天下第一のお方です。昌子内親王さまの御所など、及びもつかない華やかなお屋敷で、道貞さまはかなり信頼を得られたとか。その後の御出世を思えば、さこそとうなずけます。

あの方の取り乱しかたは、そのことを感じとられてのことだったかもしれませんが、しかし、その後道貞さまを一生恨まれたか、というと、じつはそうでもありません。お歌などを道貞さまに贈られて——それもかつての日々をなつかしむような恋の歌でございます。そのあたりが、あの方のふしぎな御性格でございます。

新しいあの方のお住居は、これまでのお屋敷の五分の一にもみたない狭さでした。そこでの生活が始まってまもなく、私は思いがけない人のおとずれをうけたのです。あの少年でした。いいえ、半年も経たないうちに、彼はすでにりっぱな大人になっていました。

「ああ、あなたはいつかの……」

世に捨てられたようにして、わび住居をするようになってからは、あのころお屋敷に出入りしていた方とのおつきあいは、ぷっつりとだえていただけに、なつかしさがいっぱいでした。

「お入りくださいな、どうぞ」

なろうことなら手をとって、招じいれたいと思ったのに、例によって桂丸はぎこちなく、それを拒み、

「あの、宮さまのお供をしてきたんです」

「え？　弾正宮さまが、ここへ」

「うん、中へそう申し上げてくれないか」

夢のような話でした。こんなわび住居に、宮さまがおいでくださるなんて、考えてもいないことでした。奥へ走りこんでお伝えすると、

「まあ、宮さまが？……」

読みさしの双紙を閉じたとき、あの方の顔もぱっと輝いたようにみえました。

それ以来のことです。宮さまがおしのびで、あの方を訪れるようになられたのは

……。

三

世間では宮さまとあの方の間のことを、あるまじきことだとささやきあったようです。たしかにそうかもしれません。天皇の御子と、国の守《かみ》の捨てられ妻——。奇妙すぎるとりあわせです。

弾正宮さまは、これまでも、かずかずの浮名を流していらっしゃった方です。なにがしの卿《きょう》の姫君とか、何の大臣《おとど》の中の君とか……。が、和泉守の妻《め》などに近づくとは、あまりに酔興がすぎると、人々は眉《まゆ》をひそめたらしいのです。

が、私はそうは思いませんでした。道貞さまとも別れ、はなやかだった昌子内親王の後宮も消えうせて、すべてに見はなされたあの方のうちひしがれた御様子は、あまりにもお気の毒でした。きっかけはどうであれ、その頼りなげな風情に心を動かされて、宮さまが、あの方にひかれたのだったら、ただの酔興とはいえないはずです。

私はそのことを桂丸の前で、口にしたことがあります。

「女ってものはね、なにもかもなくしてしまったとき、ふっと誰かにすがりつきたくなるのよ。そんなときは、たとえ気まぐれでもいい、受けとめてくれる人が欲しいんだわ」

じつをいうと、そのとき、あの方のことを借りて、私は桂丸にそんなことを言いたかったのかもしれません。二人はあのあと少しずつ話しあうようになっていたのですが、この無骨な若者に、いまひとつ近づききれない、もどかしさのようなものを、私は感じていたのでした。

が、このとき、桂丸は、ひどく怒ったような顔をしました。いつも口数の少ない彼は、さらに押しだまって、私をみつめていましたが、ぶっきらぼうに言いました。

「桜子、あんた、なにも知らないのか」

「え？」

「あんたにはじめて会った日の翌日の晩、俺あんたに見つかったろ」

「ええ、おぼえてますとも」

「あのとき――」

桂丸は、こくりと一度言葉をのみこむようにしてから、のみこめなかったものを吐き出すように言ったのです。

「宮さまも来ておられたのさ」

「どこに」

「あの方のお局《つぼね》に――」

そうだったのか……。あの前の日の手紙は、内親王へのお見舞をだしにした、あいびきの約束だったのです。そしてあの方は、夫ある身で弾正宮をひきいれ、夫と同じ屋根の下で密会をしておられたのです。折も折、昌子内親王は、危篤におちいられていたというのに。

へんになまぐさいものが胸にこみあげてきました。いつかのように、あの方の裸身と、今度は宮さまのからだが折り重なって目に浮かんできました。

それにしても、道貞さまと別れられたときの、あの取り乱しぶりとは、どうつながるのでしょう。あれはすべてお芝居で、内心道貞さまと縁の切れたことで、ほっとしておられたのでしょうか。別れてひっそりとかくれ住み、ここにこうして宮さまを、お迎えするまで、すべては筋書どおりだったのでしょうか。

わからないことばかりでした。ただ、それまでのように、うちひしがれた感じのあの方をお気の毒だと思えなくなったことは事実です。

あるいは道貞さまは、このことについて気づいていらしたのかもしれません。が、それにしても、ふしぎと私は道貞さまへの同情は起きませんでした。りくつとしてはおかしいのですが、そのことを知った瞬間、道貞さまが、昌子内親王の後宮が消え、出世の望みがなくなったためにあの方父子から手をひいたのだ、ということが、奇妙に実感として感じられたからです。

これが上流社会というものだとしたら、ずいぶん妙なものだ、とふっとほほえみたくなりました。

「どうしたんだ」

私の頰のかすかな動きを桂丸はとらえたようです。

「え？　ちょっとおかしかったのです」

「なにが？」

「私がうかつだったことが」

「…………」

「私ね、あのとき、そんなこと、ちっとも考えてなかったんです」

「…………」

「まったく別のことを考えてました。おわかりになる？」

「なんだい」

「あなたが、きっといらっしゃるだろうって、私に会いにいらっしゃるだろうって」

「え?」

どぎまぎした面持で、彼は二、三度口をもぐもぐさせてから、

「俺も……俺も、ほんとは、そんな気がしていたんだ」

「そう、それならいいじゃないの」

「うん、それならそれでいい」

子供のように二人は四本の手をつみかさねていました。お互いに、滑稽《こっけい》なことをわざと大まじめにやっているという意識があって、そのことが気分をらくにさせたようです。

ぎこちない抱擁でしたが、それでも私は満足しました。

四

あの方と宮さまの情事をさらに有名にしたのはあの方の歌です。どこから洩《も》れるのかお二人のやりとりした歌は、すぐ人々の間にひろまってしまうのでした。

「どうして皆にわかってしまうのかしら。いやあね」

たゆげな眉をあげて、そんなふうにおっしゃるあの方に、昔の私でしたら、手もなくあざむかれてしまっていたでしょう。

お二人の歌のやりとりの中継ぎをするのは私と桂丸。いまの私たちは、実をいうと、お二人の歌を外へ流そうというほどの関心も持っていないのです。私たちでないとすれば、誰が歌を流すのか、もう見当はすぐにつくはずです。

そうです。あの方たちは、その恋を秘めるよりも、人にちらりとひけらかしたいのです。

以前にあの方が、道貞さまに、

「この子は誰の子?」

とわざわざ聞かれたのと、そっくり同じような心の動きが、その中にはこめられているような気が、私にはするのです。

しかも、私にはよくわかりませんが、あの方の歌というのが、きまって、今にも捨てられはしないかと、おびえにおびえているような歌なのだそうです。

「危くって、手をさしのべてやらなくてはいられないような——」

と評した方もあると聞きました。

「そうした不安を、りくつ抜きで歌いきっているのがいいんだ」

と言う人もいます。

私には、そのへんのことはよくわかりません。ただ、宮さまには、道貞さまのような打算のないことだけはたしかです。それだけに、風流な宮さまは、とりわけ美しいもの、美しいことがお好きでした。そのお好みにあわせるのだったら、どんな歌を作ったらいいのか、あの方はわかっていらっしゃったような気がします。優雅に危うげなものとして、二人の恋がもてはやされることを、宮さまはお望みだったのではないでしょうか。

が、近くの者からみれば、お二人のあいびきは、もっとあけすけで、ぎらついた、身もふたもないものでした。いわば、噂や歌のかげで肩をすくめているのは、あの方たち御自身だったのではないでしょうか。こうした言葉あそびを楽しむのも、悪いことではないのでございますね、上流の方々というものは。

この弾正宮との情事は、思いのほか早く終りをつげました。そのころの流行病《はやりやまい》におかされて、宮さまが、あっというまに亡くなってしまわれたのです。そして、宮さまの愛にすがらなければ生きてゆけないような歌を作っていたあの方が、生きのこったということは、皮肉なことでもあります。

あの方は、ひどくお嘆きになりました。一時は食事もほとんどめしあがらず、痩《や》せ細っておしまいになりましたが、忌《いみ》あけ近く、桂丸が顔を出したことから、思いがけないことになりました。

　そのころ桂丸はもう宮さまの所からお暇をいただいて、その弟の帥宮敦道《そちのみやあつみち》親王の所に召使われていたのです。

　私に会いにきた桂丸は、あの方にはないしょで帰るつもりだったようです。こんなときちょっとしたけはいを聞きつけておしまいになったあの方の勘のよさを、今、私はちょっとばかりこわいような気さえしています。

　縁まで出てこられたあの方は、わざわざお声をかけられました。

「桂丸じゃないの」

「御無沙汰《ごぶさた》申し上げまして」

　堅くなって挨拶《あいさつ》する彼が、帥宮さまにお仕えしていると聞いたとき、ひとつの考えがあの方の頭にひらめいたのです。

「ゆかりの方へ、せめてお歌などを……」

　そんなふうな歌を、あの方は桂丸にことづけられたのです。

　桂丸はすなおに持ってゆき、宮さまのお返しを持ってきたりしました。こんなことが何度か続きました。私も女です。何もかも失ってしまったような頼りない気持のそのとき、ふと、支えてくれるものを求めたくなることをとがめようとは思いませんが、事は性急に運びすぎました。ある日、突然に、桂丸に案内させて帥宮さまが、あの方のところへおいでになってしまったのです。

あの方より六つも年下の宮さまは、兄宮さまよりも、もっと大胆でした。さすがにあの方も驚いて、心の準備もできないままに、縁先近くに座を設けて、自分は部屋の中から応対しようとすると、二言三言しゃべりかけた宮さまは、

「おかしいなあ、どうも」

ひどく無邪気に首をかしげられたのです。

「まあ、なぜでございます」

「話をしているような気がしない」

「…………」

「こんな所へ坐《すわ》らされるなんてはじめてなんだ」

なにごとでも許されている身分の人らしく、不良じみたわがままを押しつけることが、むしろ相手をよろこばせることだと信じきっている態度で、宮さまは、つと立つと、そのままあの方のそばへすべりこんでしまわれたのです。そして、

「あ、いけません、それだけは……」

口ではあらがわれたものの、まさしく宮さまの身勝手さは、一も二もなく、あの方を酔わせておしまいになったのです。

「なぜいけないの」

「だって、兄宮さまに……」

「兄宮に許したことが私には許せないの」

「そ、それだけは」

「いいだろう。さ、こっちをお向き。ほら、私の手と兄宮の手と、どっちがあたたかい？　そしてどっちが——ううん、口でこたえずに、そこで答えてほしいのさ」

おそらく、宮さまは、外に私が待っていることを考えにいれておいでだったと思います。こういう技巧にかけては、宮さまは兄宮さまより数段うわてでいらっしゃるようでした。兄宮を裏切るまいとする思い、それを人に知られまいとする思い——そうした禁忌を破らねばならぬ苦しさが、あの方をどんなに燃え立たせるかを、ちゃんと計算しつくしていらっしゃったのです。

宮さまにとっての足かせは、二人のおきさきでした。どちらも関白家の血すじをひいた姫君で、それをとりまく侍女たちの眼をかすめてしのびあうのは気の疲れること、でも、もしかすると、宮さまはその足かせを破ることが楽しくて、いよいよあの方との恋に夢中になられたのかもしれません。

もしもあの方が兄宮さまの思いものでなかったなら、そして帥宮さまにごりっぱなおきさきがいらっしゃらなければ、お二人の結びつきはこれほど熱烈なものにはならなかったような気がします。だとすれば、お二人を結びつけたものは、いったい何なのでしょう。

桂丸はそうしたお二人になるべく触れたがらない様子でした。が、宮さまは何かというと、あの方へのお使には桂丸をお使いになるのです。

月のあかるいある夜のこと、夜がふけてから突然、桂丸だけがあらわれたことがあります。

「さるところで宮さまがお待ちです。表に待たせておりますお車でどうぞ——」

供はいらないと堅い顔で言ったきり、彼は、私にも行く先を知らせませんでした。なんのへんてつもない網代車《あじろぐるま》は、あの方を乗せると、ひそやかなきしみの音をのこして、やがて蒼黒《あおぐろ》い月明りの中に溶けてゆきました。

車が帰ってきたのは、二刻《ふたとき》（四時間）ほど経ってからでした。ひそやかな衣《きぬ》ずれの音をさせて車を降りたあの方は、出迎えに出た私に言葉もかけられず、お召しになった五つ衣をひきずるような足どりで寝所にお入りになったかと思うと、そのまま倒れるようにおやすみになってしまいました。

その夜、桂丸は私の所へ泊ってゆきました。

「どこへいらしたの。御別荘かなにか？」

と聞いても、

「いや……」

はかばかしい返事もしないでいましたが、それでも押してたずねるとやっと彼は言いました。

「俺が返事をしないのは、教えないいんじゃない。どうでもいいことだからさ」

「それ、どういうことなの」

「じゃ話そう」

あの方をお乗せした網代車が行ったのは宮さまのお知合いの家でした。今晩、宮さまはそこへお泊りになることになっていたのです。

「でも、よその家へ女をおつれになったら、すぐわかってしまうでしょう」

「そうだ」

「じゃあ、どうして？」

「つまり、お部屋には入らなかった」

「………」

「車の中さ」

「まあ」

「車がつくと、宮さまは、いったん屋敷に入られたんだけど、やがてそっと車にお戻りになられてね」

私の胸から下腹へと指先をすべらせながら桂丸は言いました。

「その間じゅう、俺は車のそばに立っていたというわけなのさ」

「………」

「待っているうちに、少しおかしくなってきちゃった」

「………」

「車の中で、あの人たちは、今俺たちがしているようなことをしていたわけだよなあ」

ひどく重大なことに気づいたような桂丸の言いかたに、私は思わず噴きだしてしまいました。

「なんで笑うんだ？」

「だって」

顔を見合わせたとたん、二人は抱きあったまま、けらけら笑いだしていました。

ふっと笑うのをやめて、私は聞きました。

「なんで笑うのよ、桂丸」

「だってさ」

後はまた笑いでした。なんであんなに笑ったのか、私たちにもわかりません。


今にして思えば――。

その夜は、私たちにとって、最後の晩でもありました。

それからまもなく、急な流行病のために、桂丸は、あっけなくこの世を去ってしまったのです。

彼の死を知ったとき、あの方は、なにくれとなく私をいたわってくださいました。

私たちの仲はなにも申し上げていなかったのですが、とっくに察していらっしゃったのでしょう。そんなときのあの方は、ほんとうにやさしい、行き届いた方なのです。

そのあとも、少しの暇をぬすんでは、宮さまはよく、あの方のところへお見えになりました。あるときは私がお供して、あの方の別荘にしのんで行ったこともあります。女のほうが出かけてゆくというのは聞いたことのない話で、お二人はけっこう、そのもの珍しさを楽しんでおいでになるようでした。

こんなとき、新しく車のお供をするようになったのは、桂丸よりさらに背の高い青年です。目鼻立ちのきりりとした、敏捷《びんしょう》な身のこなしのその男に、あの方はちらりと目をとめられたようですが、二、三日してから、なにげなくおっしゃいました。

「桜子、あの子はどう？　いい子じゃないの、なかなか」

私は黙って深くお辞儀をいたしました。でも、正直いって、そのおすすめに従う気にはなれませんでした。弾正宮さまから帥宮さまへと、やすやすと恋の相手を変えられたあの方からすれば、それがあたりまえなのでしょうが、私は不器用なのですね、きっと。いつの日にか、私もあの方のような女になるのかもしれませんが、今の私には、桂丸のあの日の笑い声を思い出されてしまうのです。息がつけないほど抱きしめあいながら、笑いころげたあのときの桂丸の声が、私にはひどくなつかしいのです。

ところで、それからまもなく、帥宮さまも、流行病とかでお亡くなりになりました。あの方は帥宮さまとの恋の物語を、たんねんに書き綴《つづ》っておられます。いずれは人に読ませるおつもりでしょうし、おそらく美しい言葉に飾られたそれは世の中の評判になるに違いありません。これから、あの方はどうなさるのか。すでに新しい男の方の影もちらほらしておられます、藤原保昌《やすまさ》さまもそのお一人でございますが……。

（文春文庫『噂の皇子《みこ》』に収録）

朝顔斎王《あさがおさいおう》

森谷　明子

森谷明子（もりや・あきこ）
1961年神奈川県生まれ。早稲田大学第一文学部卒業。2003年、紫式部を探偵役としたミステリ『千年の黙《しじま》 異本源氏物語』で第13回鮎川哲也賞を受賞してデビュー。他の著書に『れんげ野原のまんなかで』『白の祝宴 逸文紫式部日記』『緑ヶ丘小学校大運動会』『望月のあと 覚書源氏物語「若菜」』『FOR RENT ―空室あり―』『涼子点景1964』などがある。

＊

庭からけたたましい悲鳴が聞こえる。

娟子《けんし》は眉《まゆ》をひそめ、読みかけていた写本を文机《ふづくえ》に置いた。子若《こわか》改め俊房《としふさ》が、先日持ってきたものだ。

「おれは持っていたって読む気にならないし、汚すとあのばあさんに叱られるに決まっているから、宮様にあげるよ」

たしかにあのいたずらな少年は、歌になど興味がないだろう。だが、その私家集には、なかなかよい歌がおさめられている。「もとすけ」とだけある歌人の名は娟子も知らなかったけれど。

自分で外の騒ぎを覗《のぞ》いてみるわけにはいかない。物心つく前からの戒め、室内でも端近《はしぢか》――縁の近く、日の光の射すような場所――にすら行くなという戒めは娟子の習い性《せい》となっている。娟子は土を踏んだ記憶もない。斎王《さいおう》が外出するのは葵祭《あおいまつり》のみ、しかもその時さえ建物に横付けされた輿《こし》に乗り込み、参道でも土に敷かれた錦《にしき》の上を歩くものだからだ。

「いいえ、袴着《はかまぎ》も済まされない幼子《おさなご》のうちは、それはやんちゃで、わたくしどもの知らぬ間にお庭に飛び出していかれましたよ」

覚えてもいない三歳の頃のことを今さら言われても、と娟子は苦笑する。帝《みかど》の娘に生まれ、五歳で賀茂斎院《かものさいいん》に仕える斎王に定められた。父母からも離れ、古色蒼然《こしょくそうぜん》とした斎院で神事だけに明け暮れた少女時代だった。娟子の人生の大半を占める、あの特異な場所の記憶は、身の上が変わっても容易には消えない。

娟子の一番古い記憶は、手に掬《むす》んだ冷たい水だ。あれは初めて賀茂川で、斎王として禊《みそぎ》の儀式を行ったときか。それとも紫野《むらさきの》斎院での朝ごとの潔斎《けっさい》の記憶だろうか。

斎院の朝は早い。夜の明ける前に起床し、冬も、凍るような水で身を清め、賀茂大《かものおお》神《かみ》に遥拝《ようはい》する。神の御杖代《みつえしろ》となり、潔斎と拝礼に捧《ささ》げた年月だった。

だが、その生活は十四歳で突然に終わりを告げた。父帝が崩御し、喪に服す娟子は慣例として斎王を降りたのである。結局、父帝にいつくしまれた記憶もなく、いやその顔さえおぼろげなまま、死に別れてしまったのだ。

神の社《やしろ》から俗世に戻った娟子を、母上は淡々と迎えた。九年ぶりの娘を抱きしめるでもない。母上には格段に重要な事柄が心を占めていたのだ。東宮《とうぐう》となってはいるが、時の権力者・関白につながりを持たないために弱い立場の、娟子の弟皇子《みこ》のことだ。娟子の母上も皇后と祭り上げられてはいるが、関白が後見《うしろみ》をしていた中宮《ちゅうぐう》に遠慮を強いられ、夫たる帝の死に目にも会えないほどの日陰の身に追いやられていた。弟の東宮も、七歳になるまで父帝に対面もかなわなかったという。孤立無援で東宮を守る厳しい境遇の母上には、突然に戻ってきた娘をいつくしむゆとりなどなかった。

母の御所――皇后づきの役人の長・皇后宮大夫《こうごうのみやだいぶ》の屋敷、閑院《かんいん》――も、我が家ではなかった。娟子がどうしてもなじめない、大きな声とがさつな物腰の男たちがのし歩く場所。慣れない暮らしを始めてまもなく、母上を訪れた一人の公達《きんだち》が、ご機嫌伺いに娟子の部屋へもやってきて、こう話しかけたことがある。

「上品《じょうぼん》の極みの姫宮がお戻りで、この閑院も一層やんごとなき場所になりましたな」

娟子は面食らい、返事ができなかった。「じょうぼん」とは、何のこと？　気まずい沈黙の中、同行していた男たちに袖《そで》を引かれ、その公達はそそくさと席を立った。そしてそれ以来、姿を見せなくなった。上品とは仏道の言葉で、最高の身分の者を敬う意味だと後から聞かされ、娟子は赤面した。皆が日常に使う言葉さえ、自分は満足に知らないのだ。

それから何年たっても、娟子は世の常の暮らしになじめなかった。そんな娟子のとまどいを察したのか、娟子の父の跡を襲った次の帝が、今年になって、娟子の新しい御所を定めてくれた。

「河合《かわい》の地に移るがよい」

そこは内裏の北、娟子に何よりもなじみぶかい上賀茂《かみがも》・下鴨《しもがも》両神社の南だった。賀茂川が高野川《たかの》と合流し、鴨川と名を変える河合の地。裏手には神聖な糺《ただす》の森が広がる。河合御所には、昼夜分かたず、川の瀬音が聞こえる。自分の身体にもあの水が流れているようにさえ感じるほど、親しい川だ。それに、娟子を喜ばせたものがもう一つあった。この御所に移った翌朝、格子《こうし》を上げさせた娟子は外を見て声を弾ませた。

「垣にたくさんあるのは、朝顔ね」

娟子の一番好きな花だ。伸びかけた蔓《つる》が垣にからみつき、緑の葉を茂らせていた。夏になれば、朝ごとに数え切れない花が咲いて目を楽しませてくれるだろう。

だから、女房たちが寂しいところと嘆いても、娟子は帝の心遣いが嬉《うれ》しかった。晴れがましい場所では落ち着かない、先帝の忘れ形見の気持ちをお察しくださったのだ。神《かむ》さびた場から帰ったとて、日陰者の系列の皇女が、華やかな世界のどこに身を落ち着けられよう。

その静かな河合御所で、あの騒ぎは何だろう。ほら、足早に近づいてくる音がする。

「宮様、お騒がせをいたしました」娟子が生まれたときから育ててくれている乳母《めのと》が、部屋の外で平伏した。「庭先に不祥なものが投げ込まれていたようで、心得のない童《わらわ》が大騒ぎをしただけのこと、すぐに始末をさせました。さいわい、今度も俊房中将様のおつきの武者が一人、残っていたので、捨てるように頼むことができまして」

「不祥なものとは？」

乳母の顔が厳しくなった。

「お知りになる必要はないかと」

「ありますとも」

乳母は今でも娟子を子ども扱いする。

「ここではわたくしが主《あるじ》だもの。知らなくてよいことはないはずよ」

「ええ、しっかりした方が主として宮様のお世話をなさる屋敷へ、お移りなさればよいのに……」

乳母は言いさして、ため息をついた。この地を娟子の御所とするのは勅命、それに異を立てることは許されない。

「雛鳥《ひなどり》が透垣《すいがい》の下に落ちておりました」

「それだけ？」

娟子は誘うように微笑した。だが乳母は断固として表情を崩さない。

「それだけでございます」

「わかったわ」

乳母はそれ以上洩《も》らしそうにない。娟子はあきらめた。ふと、文机の歌集に目が留まる。見事な筆跡だが、これを写本したのはあの新参の老女——俊房ったら、ばあさんなどと——だろうか。そうだ、あの者から聞き出そう。

ともあれ、俊房本人がそんないやなものを目にせぬうちに帰れてよかった。源《みなもとの》俊房、名こそ仰々しいが、元服を済ませたばかりの少年でしかない。皇后宮大夫を伯父《おじ》に持ち、母親も娟子の大叔母《おおおば》に当たる。その縁で、子若と名乗っていた幼い頃から、斎院に始終遊びに来ていた。斎王を降りてから閑院でもよく見かけたが、俊房も窮屈な暮らしが合わないらしい。父親は関白の養子になっているほどの重要な家柄なのに。

河合御所に移って以来、俊房の訪れがさらに頻繁になった。今日もあの子は遠駆《とおが》けの帰りだと言って立ち寄り、近くの名主《みょうしゅ》から献上されていた鮎《あゆ》を焼いてもてなすと、喜んで山ほど平らげていった——娟子はそんなことを思い、微笑した。元服の後、中将という役職にもついたが、娟子にとってはいつまでも、斎王時代に世話を焼いた弟のような子若のままだ。糺の森で遊びまわり、泥だらけになっては斎院にあがりこんでいた、かわいい顔の子若。

「斎院では泥のついた衣など、女童《めのわらわ》にさえ許しませんのに、これでは示しがつきません」

渋い顔の女房たちに、娟子は何度とりなしてやったことか。本当にやんちゃで、かがり火に松脂《まつやに》を投げ込み、娟子の居間を煙で充満させたこともある。

「だって、蚊が厄介だって言っていたじゃないか。だから蚊いぶしを焚《た》いたんだよ」

世間知らずの斎院の女房では手に負えなかった。娟子気に入りの女童をひどく泣かせた時には、娟子もきつく叱りつけたものだが、ふてくされた顔で謝りもしない。

「どうしてわたくしたちが大事にしていた燕《つばめ》の巣を、叩《たた》き落としたりしたの？　あの女童はことに、雛の巣立ちを楽しみにしていたのに」

だが、いくら聞いても強情に答えようとしなかったっけ。

「ここは神に仕える斎院、乱暴な真似は許されないのよ。どうしてあなたに似合いの相手のいるところで遊ばないの」

「だって、ここがよいのだもの」

口をへの字にして言うばかり、それでも一向に入り浸るのをやめようとはしなかった。斎院を囲む透垣から潜り出たところを警護の武者に捕まり、引きずられんばかりにして娟子の前へ連れてこられたこともある。

「あきれたものです」苦りきった顔でその武者は言った。「この小僧――いや、若君ときたら、斎院の中から外へ、透垣の目を潜り抜けようとしておられたのです。たまたまわしが通りかからねば、きっとしおおせていたでしょう。武者は門から離れませんし、あんな小さな隙間まで注意してはおられません。そもそも我らは斎院へ入り込む不埒《ふらち》者を見張るのが役目、斎院から忍び出ようとする方がいるなどは慮外のこと」

武者の大きな手の下で首をすくめていた子若の顔を見て、娟子はうんざりしながらも笑いをこらえるのに苦労したものだ。

今になって思う。単調な、神に仕える生活の中で、時に迷惑に思っても、子若だけが退屈を紛らせてくれたのだと。

そう、あの子は今も野の風を運んでくれる。死骸《しがい》など、見せたくない。

「雛鳥は雛鳥ですが……孵《かえ》る間際のところを巣から取り出され、つぶされたようでございました。まだ羽に卵の殻をつけたままの血だらけの雛が、五つばかりも並べられて」

少納言《しょうなごん》の言葉に、娟子は硬い顔でうなずいた。そんな無残なものを目にしたのなら、幼い者が怖がっても当たり前だろう。

「ありがとう。よく教えてくれたわ」

老婆の少納言はやや尊大な様子で頭を下げた。夜は更けていた。皆を下がらせたあとで、娟子はこの老女を呼び寄せたのだ。河合に移ってきたとき、俊房が、自家の乳母の知り合いだが召し使ってくれと、引き合わせた女である。

「卑しい身分の者を宮様のおそばに近づけるのは畏《おそ》れ多いのですが。わたくしどもは俗世に不案内なので、事情を知る者が一人いれば重宝かと思い、承知しました」

乳母は恐縮して説明したが、娟子は喜んでいた。娟子を壊れ物のように扱う乳母たちとは違って、この老婆は臆《おく》さず、娟子に何でも話してくれる。時としてその話しぶりは高慢にさえ聞こえたが、不思議にそれが許される雰囲気も持ち合わせていた。妙なものだ。若い盛りでさえ美貌《びぼう》であったとは思えない、平凡な顔立ちなのに。

薄くなった白髪から大きな耳が突き出ているのも、他の者なら滑稽《こっけい》に見えようが、威厳に満ちた物腰のせいで、からかう者もいない。

名を聞かれると、老婆は胸を張って言った。

「心ある方々には、昔より少納言とお呼びいただいております」

「大層な名を。宮中勤めの女官でもあるまいし」

女房たちは嘲笑《あざわら》ったが、少納言は澄ましたもので、悪びれない態度を貫き、いつしかその名を定着させてしまった。

「それで少納言、まだ話すことはない？」

「宮様は敏《さと》くいらっしゃる」

少納言は苦笑した。

「だって乳母が、『今度も』と申したの。前にもこんなことがあったのね？　そういえば五日ほど前も、誰か騒いでいました。あの時は、その日俊房が見せにきた狐の仔《こ》が、何か乱暴でもしたのかと思ったけれど」

少納言はうなずいた。

「あの時は犬の尾でした。誰も知らないうちに、垣の外から投げ込まれたようで」

犬の尾。娟子は表情を硬くした。切り取られた犬の身体のほうは？

「その犬も直り……いえ、生きてはいないわね」

娟子は今でも忌み言葉を使う習慣が抜けきらない。清浄を尊ぶ斎院では、「死ぬ」を「直る」と言い換えるのだ。

「何のつもりだと思う？」

「はて」

「とぼけるのはやめて。わたくしたちがこの地に来たことに、もしや不快な者がいるのではない？」

「土地の者は皆、姫宮様のご滞在を喜んでおります。天下の斎王、神の御杖代《みつえしろ》をお務めになられたほど神に近い方がこの地においでのことを、誰が不満に思いましょう？」

「本当に、わたくしにそんな素質がある？」

娟子は困惑してつぶやいた。

なるほど、斎王は山城《やましろ》の産土神《うぶすながみ》たる賀茂社に、帝の代理として奉仕する。けれど娟子が斎王に定められたのは五歳。分別のつく年齢ではなかった。女官や神職の言うまま、潔斎し、祝詞《のりと》を唱え、神に額《ぬか》ずき……。けれど、民のために祈るという自負も自覚も、持っていたとはいえない。

「宮様にそのおつもりがないとしても、素質を具《そな》えておいでです。皇《すめらぎ》の流れにつながるお方なのですから」

——それでは、自分は、貴い皇統を伝えるだけの器なのだろうか。

娟子の心の揺れを感じ取ったのか、少納言の口調が柔らかくなった。

「先々の姫皇女《ひめみこ》方も、神を動かす力があるのかどうか、迷いながらお仕えしていたのではありますまいか。それを表には出さぬまま、自分の役割を演じ続けただけなのかもしれません。民がそれを望むから。神に仕える女が必死に祈る姿に、人の心が安らぐから。畏れ多いことですが、少納言はそのように考えます。とにかく、隠し立てはよくないと思い、こうしてお話ししましたが、お案じなさいますな。宮様に危難が及ぶことは、この少納言が決してさせません」

娟子より背の低い、枯れ枝のような身体の老婆が言えば、滑稽な言葉にも聞こえる。だが、娟子は不思議に心が安らぐのを感じた。

「そうね。たしかに、少納言がいれば安心ね」

少納言はなぜか意味ありげに笑った。

「そうですとも。わたくしは宮様をお守りするために来たのですから」

朝顔斎王。

都人《みやこびと》が自分のことをそう呼んでいると聞いたとき、娟子は笑ったものだ。

「それは物語の中の姫宮のことでしょう？　光源氏《ひかるげんじ》を最後まで拒み続けたという、教養高い女性。わたくしとは、何の関係もないわ」

「下賤《げせん》の者はそう思ってはおりませんよ」女房たちは賢《さか》しげに言い合う。「何しろ、今の世に斎王を降りた姫宮といったら、思い当たるのは娟子様お一人です。娟子様の前代の斎王は、もう東宮の女御となっておられますし」

「それに、このお住まいは朝顔の見事な垣に彩られておりますもの」

「朝顔など珍しくもないでしょう」

たしかに娟子は朝顔が好きだが、そんなことを世間が知るはずがないではないか。

「それに何といっても源氏の君が……」

声高に言いかけた女童が、たちまち神妙な顔になって口を閉じた。古女房がその背をつつき、黙らせたのを娟子は見逃さなかった。

「源氏の君とは何のこと？　わたくしには恋を言いかけてくる殿方などいないわ」

「ええ、ええ」

古女房の相槌《あいづち》がいつになく早く、一瞬不審に思ったが、娟子はすぐに忘れてしまった。

だが、その夜、久しぶりに源氏の物語を取り出してみたのは、もちろん、昼の会話が心のどこかに残っていたからだろう。

光源氏の物語。帝《みかど》の皇子に生まれ、源氏となり、類《たぐい》まれな美貌と才能で恋を繰り返す貴公子の物語。心ある女で、この物語を知らぬ者はないだろう。どこの宮仕え場所でも、源氏の物語になぞらえて日々歌を詠み、会話がなされているといってもよいほどらしい。その中に、たしかに降居《おりい》の斎王が出てくる。

「まあ、やっぱり宮様も気になるのですね」

はしゃいだ声で文机《ふづくえ》を覗《のぞ》きこまれ、娟子は少しうんざりした。女房たちときたら、めったに娟子を放っておいてくれない。

「ええ、この物語は好き。でも、あくまで物語としてよ」

「はいはい。それはもう、源氏の物語を愛さぬ女はいませんもの。これを書いたとは、人間業《わざ》ではないと思うくらい」

「至らぬところもたくさんありますけれど」

皮肉な口調に、女房たちは狐につままれたような顔で声の主を振り向いた。少納言が平気な顔で続けている。

「たとえば、朝顔斎王の扱いは大層中途半端ですこと。源氏の妻となって正妻格の紫《むらさき》の上《うえ》を脅《おびや》かせば面白かったのに。書いた人間が源氏と紫の上の栄華にとらわれすぎて、物語に陰影をつける勇気がなかったのですね」

あっけにとられていた女房たちが、やがて皆《まなじり》をつりあげた。

「そなたに何がわかる。田舎者のくせに」

「ええ。古歌に通じているから少しは認めてやろうかと思っていたが、やはりこの雅《みや》びな世界がわからぬ、身の程知らずの痴《し》れ者か」

やれやれ、少納言はせっかく一目置かれ始めたところだったのに。娟子はとりなすように微笑しながら、物語を閉じた。

「争わないで。所詮《しょせん》はただの物語よ。そう、だから、この中の斎王は気品と教養に恵まれ、源氏の君に求愛されても拒み続けた孤高の女だけれど、わたくしとはまったく関わりはないわ」

「そんなことはありませんのに。いつか、宮様だって素敵な恋をして……」

女房の一人が言いかけるのに、娟子はおしかぶせるように言った。

「わたくしには恋などできない。知っているのはいくつかの祝詞と拝礼の作法、斎院の一歩外に出たら何の役にも立たないことだけ。恋歌の詠み方も、公達《きんだち》との会話の作法も、何一つ知らないもの」

娟子の物知らずにあきれた公達も、姿をあらわさなくなったではないか。あのもらった歌集にあるような恋歌だって、逆立ちしても作れない。

そして、もう一つ大きなことがある。

娟子は美しくない。鏡を見ればそのくらいわかる。女房たちだって、娟子の容姿を口にしたことはないのだ。娟子の字のうまさやおとなしい性質のことは、恥ずかしくなるほど褒めそやすのに。それは、娟子が人に誇れる面立ちではないということだ。

「そんなことを言っていらしても、いつかお心が変わりますとも」

隅に追いやられた少納言が、懲りもせずに口をはさむ。娟子は癪《しゃく》に障り、頑固に続けた。

「知りたくないの。恋など怖いだけ」

騒がしい男たちは嫌いだ。母上のように、女の争いに身をすり減らすのも。娟子はこのまま、誰からも離れたところで生きてゆけばよい。

「朝顔の花は人目につく日中にはしおれてしまう。でも、だからこそ美しいのよ」

少納言が複雑な色を湛《たた》えた目で見つめている。失望？　苛立《いらだ》ち？　時々少納言はこんな目で見る。娟子は腹立たしい思いでそう考えた。一体どういうつもりだろう？

少納言は、娟子をある者と比べていたのだ、と気づいたのは夏が過ぎた後だった。

葵祭は、賀茂川での、斎王の禊《みそぎ》から始まる。

今の斎王——娟子の次代の斎王は、母が違うが、同じく先帝の皇女だった。しかし、この異母妹、通称三輪《みわ》様と呼ばれている少女を、娟子は一度も見たことがない。娟子の母上を追いやるために、関白が、ある親王の忘れ形見の女王を養女の格で入内《じゅだい》させ、中宮として亡き父帝に侍《はべ》らせた。そうして生まれた異母妹なのだ。母上は、自分から夫を奪ったこの中宮を——そして一人の帝に二人の正后というごり押しをした関白を——、決して許そうとしなかった。それは中宮が三輪を産んだ直後に亡くなってからも、変わらない。

三輪は才気煥発《かんぱつ》な美少女だという。物語が大好きで、女房たちに集めさせ、公達を斎院に招いては物語談義に花を咲かせているとか。権力も財力もある関白に後押しされている三輪は、同じ斎王でも、娟子とは段違いの華やかな存在なのだ。そんなことを思うと平静ではいられないから、娟子は努めて考えないでいるが。

でも、斎王としての務めは同じはずだ。

娟子は自分が何度も繰り返した行事の次第を思い返していた。賀茂の水で身を清めた後、神社での沈黙の祭——神官が無言のうちに祈りを捧《ささ》げながら、幾度も社《やしろ》を巡るあのおごそかな祭礼と、それに続く、神に衣を捧げる祭に奉仕する。遥《はる》かな昔には、神の御杖代《みつえしろ》たる斎王が、じきじきに機《はた》を織って神御衣《かむみそ》を奉ったという言い伝えもあるが、娟子は毎年、用意された衣ひと揃いを神前に運ぶだけだった。

「神の機屋に男を引き入れた巫女《みこ》がいて、取りやめられたとか。でもきっと、誰ぞが面白がって言いはじめた作り事です」

儀式がすべて終わると、だらだらと進む乗り心地の悪い輿《こし》に揺られて斎院に帰り、休むまもなく衣服を取り替え、賀茂大神への遥拝《ようはい》、翌日の未明からまた潔斎……。食事も常よりさらに質素になり、遥拝を繰り返した翌日が、いよいよ祭の当日だ。未明に賀茂の両社へ向け出立する。着付けに一刻、化粧と髪上げにさらに一刻……。夜中から始めなければ間に合わないので、眠る暇もない。

あの生活を辛《つら》いとは思わなかった。それ以外知らなかったから。三輪も同じだろう。それに比べれば、今は楽なものだ。こうして普段着でくつろぎ、人目につかぬ物見車《ものみぐるま》を仕立てて、斎王の行列を見物できる。

「俊房殿は大納言殿に従われるそうですよ」

斎王には、何人かの貴族が供につくように定められている。沿道を埋め尽くす人々に自家の威勢を誇るよい機会とあって、選ばれた貴族はできる限り美々《びび》しい趣向を凝らし、縁故の者を大勢供奉《ぐぶ》させて人脈をひけらかす。

これほど大がかりな行列が後ろにいたとは、斎王を降りて初めて知った。斎王たる者、背後に目をやることも気を取られることも許されないから。見つめるものはただ一つ、行く手におわす神だけなのだ。

「娟子様、俊房殿です」

女房のうきうきした声に、娟子は我に返った。黒の束帯《そくたい》、武官の冠。弓と矢筒を背負い、馬をゆっくりと歩ませている少年の姿は、見知らぬ男のようだった。

「いつのまにかあんなに大きくなって」

娟子がつぶやくと、女房たちが笑った。

「まあ宮様、いつまでも姉上のおつもりで」

「それでも、走り馬の儀式に加わりたいと、まだ駄々をこねられたとか。あまり軽々しい振る舞いは、もうふさわしくありませんのに」

賀茂の両社では、飾り立てられた馬が鳥居の間を走りぬける神事が行われる。騎乗するのは神官の血筋の子弟たちだ。

「でも、俊房殿ほど乗馬の巧みな方はいませんもの。あの乗馬姿を見るのは楽しゅうございます」

上気したように言い合う女房たちの声が突然途切れ、悲鳴が上がった。走り馬の一頭が列から離れて暴れだし、手綱《たづな》を取っていた下人《げにん》を蹴散《けち》らしたのだ。そのままこちらへ向かってくる。筋肉の塊の動きがはっきりわかる大きな獣は、豪華な鞍《くら》や手綱が不似合いな猛々《たけだけ》しい本性を取り戻していた。

よけようにも、車を動かすゆとりもない。凶暴そうな荒い呼吸がはっきり聞き取れる。

その時、すばやい影が娟子の車の前に立ちふさがり、鞭《むち》がうなった。馬が棹立《さおだ》ちに止まり、激しくいななく。一呼吸遅れ、わらわらと寄ってきた下人たちが、引きずられて泥まみれの長い手綱をてんでに拾い上げ、四方から馬を押さえにかかった。

「娟子様！　大事ございませんか？」

「大丈夫」娟子は今になって身体が震えてきた。「あれは……？」

「俊房様ですよ」女房の声もうわずっている。「馬の前に立ち、止めてくださったのです」

見物気分も吹き飛び、娟子は早々に御所へ引き取った。俊房が祭の正装のまま、走り馬の儀式もそこそこに付き添ってきてくれた。

「馬はね、真下に立たれると、脚をどこに下ろせばいいかわからなくなって、立ち往生するんだ。そこを落ち着かせてやればいい」

女房たちから口々に勇敢な行動を褒めそやされると、俊房はこともなげにそう言ったものだ。

「危ないことを。あなたが踏み潰《つぶ》されたかもしれないのに」

「大丈夫。馬が止まれば下人たちがすぐに押さえにかかるのは、わかっていたから」

娟子は複雑な思いで唇を尖《とが》らせた。よりによって、年少の俊房にかばわれるとは。

「俊房殿、もう、無茶な真似はしないこと。いいわね」

俊房は、不満そうな表情で笑ってみせた。

「宮様、そんな言い方は勘弁してほしい。おれは、馬のことなら何だって心得ている」

「生意気を言わないで」

俊房は勢い込んで口を開いたが、そこで思い直したように傍らの女房を振り返った。

「腹が減ったな。朝から何も食ってない」

そして旺盛《おうせい》な食欲を見せ、すぐ別室に引き取った。翌朝、娟子が目覚めたときにはすでに去った後だった。外がまた騒がしい。

「何事なの？」

女房たちは口を閉ざして語らなかったが、後から少納言がそっと教えてくれた。

「猫の死体が。垣の朝顔の間にぶらさがっておりました。喉《のど》を切られて……」

その光景がありありと見えるようで、娟子は思わず目を閉じた。

「申し訳もございません」

「なぜ、少納言があやまるの？」

だが少納言はそれきり頑《かたくな》な表情で口を閉ざした。かしこまる姿がとても小さかった。

葵祭の後、一滴も雨の降らない夏が来た。その年の旱《ひでり》はことのほかひどく、作物はしおれ、ひからびていった。獣たちが水を求めて山の奥深くに逃げ込んだために、野には俊房を喜ばせる生き物の気配も絶えた。都はまたも疫病の巣となり、路傍に打ち捨てられた死体は溝に落ち、川に流されて水を堰《せ》き止め、さらに新たな病を引き起こした。

憂慮した朝廷からは、諸国の寺社へ水を願う使いが送られた。だが効き目はあらわれない。

娟子の元へ勅使が来たのも、そのためだった。

「わたくしに？　帝《みかど》はこのわたくしに祈禱《きとう》をせよと仰せられたの？」

少納言から聞いた娟子は当惑して言った。

「勅命ですから、否応《いやおう》はございませんね」少納言は冷静だった。「万民が苦しんでいる今このとき、誰もが祈りを捧《ささ》げねばならないでしょう。それでなくても、今年はついに末法《まっぽう》の世に入ってしまった、不吉な年なのですから」

釈迦《しゃか》如来が入滅《にゅうめつ》して千年が正法《しょうぼう》・正しい世。次の千年が像法《ぞうぼう》・仏法が衰退していく世。そして末法は仏道が滅亡に向かう世であり、今年がその始まりなのだという。

世には末法入りを嘆く声が満ちている。神にのみ仕え、仏道とは縁のなかった娟子には、その嘆きも実感をもっては聞こえなかったが。斎院では、僧という言葉さえ禁句なのだ。

「けれど、今すぐとはいかないわね」

あいにく、今娟子は月のものの最中だ。並の暮らしをしている女よりも、娟子とその周囲にはこの時期を穢《けが》れと見る意識が強い。斎院にいた頃は、斎王たる娟子でさえ、その時期は主殿《しゅでん》を出、そのための特別の建物・汗殿《あせどの》へ籠《こも》ったほどなのだ。そう、血という語も汗と言い換えられるのである。

あわただしく数日後の参拝が定められ、支度が調えられた。上賀茂神社からさらに上流、貴船《きぶね》にほど近い小さな社《やしろ》である。

「あれは？」

娟子は輿《こし》の隙間から外に見える青い水面《みなも》を見て、供の者に尋ねた。

「昔、水をつかさどる小さな神々が旧《ふる》い都から移り住まれたと、土地の者があがめている池でございます。宮様が向かう社は、あの池をご神体として祭っております」

そうか、土地には土地の神がおわすのだ。娟子はぼんやりと考えた。今まで娟子にとって、神とは賀茂大神だけだった。都と帝を守りたまえと、何の疑いも持たず、神官から教えられたとおりに口にしていただけだった。

参道に額《ぬか》ずく数え切れない人間が、ちらりと目に入った。神の女が来た、水を乞《こ》うてくれる巫女《みこ》が来てくれた。誰もが切実な期待をこめて、輿を見上げている。

娟子はこともなげにその人の波から目を移した。自分をあがめる目には慣れている。

輿を降り、筵《むしろ》の敷かれた参道を歩き始めると視線はさらに強く感じられた。娟子は斎王であった頃のように、頭を上げ、歩を運んだ。黒木の鳥居の向こうに小さな、しかし古い社が見える。その後ろにはしんとした池。あそこに神がおられる。誰も疑いもしない。娟子が水を乞い求めれば、神が聞いてくださるということを。

——本当にそんな素質があるの？

以前、自分が口にした言葉。誰？　だが、それから、自分の耳にだけ聞こえる声だと悟った。

知らぬうちに娟子は足を止めていた。自分が願えば賀茂大神は聞き届けてくださると教わり、それを疑ったことがなかった。

けれど、本当にその祈りは役に立っていたのだろうか？　娟子の祈りが何かを変えたことがあるのか？　そんなことは、何も知らされていない。まして、この神は娟子になじみのないものだ。

その神に、どう祈ればいい？

黒木の鳥居。娟子の何よりも親しんでいるもの。だが、その向こうの暗がりは、娟子が初めて見る、異質な空間だ。

足が震えている。今からあの前へ進み、水を乞わなければならない。でも、あの神は娟子の言葉に耳を傾けてくれるのか？

これほど無力を感じたことはなかった。自分が小さい。神の空間の、ちっぽけな異物だ。

凍りついたように動かなくなった娟子に異常を感じたのか、背後にざわめきが起こった。それは場所柄をはばかった、あくまでも抑えられた声だったが、娟子には自分への非難と受け取れてしまう。幣《ぬさ》を持ち直そうとした時だ。震えた左手が汗にすべり、幣が粗末な筵道《えんどう》に落ちた。乾いた音は、娟子の耳には突き刺さるように高く聞こえた。

何という失策！

こんな不手際が許されるはずがない。

立ちすくむ娟子の横にするすると小さな影が寄ってくると、跪《ひざまず》いてためらいもせずに幣を拾い上げ、娟子にさしだした。群衆が驚いて声をあげる。神の女が神へささげる聖なる幣に、手を触れてしまった者がいる。

だが、どよめきはあっけなくおさまった。

「どうということはございません。宮様はそのまま、お続けになればよい」

「少納言」

自分を見上げる、しわだらけの老婆に、娟子は訴えるように言った。

「……できない。そんな力は、ない」

「それでも。それでも、なさらなければ。今までの数限りない神の女がしてきたように」

娟子は幣を握り締め、目を閉じた。

先々の姫皇女《ひめみこ》方も、神を動かす力があるのかどうか、迷いながらお仕えしていたのではありますまいか。それを表には出さぬまま、自分の役割を演じ続けただけなのかもしれません。民がそれを望むから。神に仕える女が必死に祈る姿に、人の心が安らぐから。

娟子はきっと顔を上げると社殿の奥の闇を見据えて口を開いた。最初の一言で心が鎮まり、続く言葉は考えるまでもなく、よどみない清流となって続いた。やがて娟子の周囲からも、唱和する祝詞《のりと》が起こる。

「水すみにけり、水すみにけり」

土地の者の水乞いの祝詞らしい。娟子は神の言葉に包まれ、そのなかに溶けていく不思議な喜びに浸りながら、いつまでも唱え続けた。

晴れ渡るばかりだった貴船の山に雲がかかり、皆が待ち望んだ雨の最初の一滴が落ちてきたのは、その夜更けだった。

翌朝、熟睡の後の目覚めは心地よかった。やはり昨日は疲れたのだろう。だが、あたりは暗い。遥拝《ようはい》の刻限を覚えている娟子の身体が、明らかにもう朝だと告げているのに。

「どうして今朝は格子を上げないの。雨はやんでいるようなのに」

問われた女房は、困ったように口ごもる。はっとした娟子は自分で格子に近寄った。驚く女房にかまわず、格子にかけた手に力をこめる。重い。格子とはこんなに厄介なものだったのか。がたがたと格子が持ち上がり、外を一目見たとたん、娟子は息を呑《の》んだ。

「ひどい」

力の抜けた手元から格子が耳障りな音を立てて落ち、室内はまた薄暗くなった。

だが、今見た光景は目に焼きついている。

透垣《すいがい》の朝顔が根こそぎ引き抜かれ、一つの花も蕾《つぼみ》も残さずに踏みにじられていた。

「何という……」

女房たちも、度重なる悪意に動揺しはじめている。

「こんなとき、女ばかりの住まいでは、何と心細いことでしょう」

「内裏か、せめて皇后御所へ帰ることをお許しくださらないのでしょうか、帝は」

だが朝廷から雨乞《あまご》いの験《げん》あったことを褒める使者は来たものの、家移《やうつ》りの指示はない。

「うろたえても、よいことはありません」

少納言は、水乞いの神事の後、また発言権を増していた。おろおろする女房たちを一喝し、さっさと朝顔の残骸《ざんがい》を始末している。

庭は急に殺風景になった。

娟子は不思議に平静に、それを眺めていた。自分を憎む者がいるという実感が湧かない。娟子が、何の障りになるというのだろう？　権力もなく誰の邪魔もせず、ひっそりと、ただいるだけだ。朝顔は害のない花ではないか。


「宮様、雨のおかげで、外の緑が息を吹き返したよ」

からりと明るい声に、娟子は思わず顔をほころばせた。

「また遠駆けですか、子若……いえ、中将殿」

「昨日は雨乞いの神事で大変だったそうだね。この近くの乳母《めのと》の家に来ていて、聞いたよ。森は涼しいよ。気散じにおいでになるといい」

「わたくしは出歩きができないもの」

自分が仕えた神社の森も、娟子は歩いたことがない。夏のさなかに汗をこらえて重ね衣《ぎぬ》をすることにも、もう慣れている。

「不自由だなあ」俊房はどさりと腰を下ろした。「そうそう、おれは病気ということで、しばらく乳母の別荘にいることにした。ちょくちょく参上するから、うまい飯を食わせてください」

「病気?」娟子は小さく吹き出した。「それほど元気な方に、何の患いがあるの」

俊房はちらりと舌を出した。うるさい女房が見たら、叱責《しっせき》ものだ。だが俊房が来るときは、なぜか娟子と二人になることが多い。

「父の屋敷にいると、関白への使いだのを命じられるし、面倒なもので。まあ、病は口実、息抜きさ」

出された瓜《うり》をきれいに平らげてから、俊房は腰を上げた。

「宮様、何も心配いらないよ」

「ええ、糺の森で狩りなどしては駄目よ」

「そんなことじゃない」俊房は怒ったように言い、小さく息を吐いた。「もういい。

そうだ、供の武者を何人か連れてきているんだが、乳母の家は手狭なんだ。こちらに置いていってもいいかな」

「ええ、どうぞ」

突然話題が変わったのにとまどいながらも、娟子は答えた。俊房は立ち上がりながら言う。

「本当に、心配しないで。大したことじゃないさ」


言葉のとおり、それから俊房は毎日のように顔を見せるようになった。寂しい河合御所への訪れが女房たちも嬉《うれ》しいらしく、歓迎している気配が伝わってくる。

そして幾日目かのある夜、俊房は珍しく髪をなでつけ、身なりを整えてやってきた。

「まあ、こんな遅くにおいでになるのは初めてね。しかもご立派ななりで。そう言えば、今夜は星合《ほしあい》の祭ね。どこか改まったところへお出かけでもしていたの」

「ひどいご挨拶《あいさつ》だな」

会話は途絶えがちだった。女房たちもいない。あの少納言でもいてくれたら、場を取り持ってくれるのに。

「そうそう」ようやく娟子は話の接《つ》ぎ穂を見つけて言った。「ここにいるあなたの武者たちは頼もしいこと。おかげで夜も落ち着いて眠れるようになったと女房たちが喜んでいるわ」

「喜んだのは女房だけかい？」

娟子は返事に困った。どうして、こんなふうにつっかかってくるのだろう？　縁に腰かけた俊房は、娟子に背を向けてつぶやいた。

「せっかくの七夕の夜なのに。おれも、歌でも詠めればいいのかな。そうすれば、もっと気の利いた話ができるのか」

「でも、わたくしが歌を返せないもの」

俊房は苦笑したようだ。

「似たもの同士というわけか。……畜生」突然、俊房は右手の拳《こぶし》を膝《ひざ》に打ちつけた。

「こんなことを話しに来たんじゃないんだが」

「ほら、子若。言葉遣いが汚いと、また女房たちに叱られるわよ」

「宮様」

なぜ俊房はこんなにきつい目で見る？　沈黙が続いた後、俊房が立ち上がった。

「……やっぱり失礼する」

足音が荒い。やがて少納言があらわれた。

「中将様は、急にお屋敷へお帰りになりました。何でも、たまには顔を見せろと父上からお使いが来たとかで、武者たちに引き立てられるようにして」

「そう」

少納言はそのまたたずんでいる。

「俊房様は家を空けすぎているから、父上に叱られているそうですよ。でも、宮様を大層気遣っておいでですものね」

「そうかしら。とても、あの俊房がそんな深い配慮をするとは思えないけれど」

一瞬、少納言が顔を紅潮させたような気がしたが、すぐに表情を戻した。

「宮様はそうお考えなのですか？」

「ええ。河合に来たのも、自分が遊びたいからでしょう。俊房は狩りが大好きだし、けれど格式高い屋敷に狩りの獲物など提げて帰ったら、眉《まゆ》をひそめられてしまうし
……」

娟子ははっと言葉を切った。今、自分は何と言った？

狩りの獲物。

つぶされた雛《ひな》。切りとられた犬の尾。喉《のど》を割かれた猫。

娟子だから、清い水の中に暮らしているような女たちだから、ああいうものに騒ぐ。でも、俊房のような男には、見慣れたもの、ぞんざいに扱えるものなのではないか？

娟子は力をこめてかぶりを振った。違う。そんなことがあるわけがない。あの、無残な骸《むくろ》を投げ込んだのが俊房だなんて、そんなことがあるわけがない。

だが、心の隅では別の声がささやく。

考えてもみるがいい。雛も犬の尾も猫も、見つかったのはいつも、俊房がこの御所に来た直後。そう、朝顔が抜かれた前日もこのあたりに来ていたとか……。

狩りの好きな俊房。燕《つばめ》の巣を叩《たた》き落とした乱暴者。女童を泣かせて突っ立っていた少年。

大したことじゃないさ。

そう、俊房にはそうだろう。ほんの悪ふざけのつもり、頑《かたく》な自分との口喧嘩《くちげんか》への腹いせのつもりで、いったん立ち去った後に死骸《しがい》を垣越しに投げ入れ、口笛でも吹きながら……。

いいや、違う。あの行為にはもっと悪意が感じられる。俊房は自分に悪意を持つはずはない。そうだ、その俊房は家へ帰った。今夜か明日の朝、また何かされているだろうか？　そんなことがなかったとしても、俊房が無関係だと言い切れはしないけれど……。

「宮様、お顔の色がひどく青いようですが」

じっと様子を窺《うかが》うような少納言に、娟子はどうにかほほ笑んでみせた。

「そんなことはないわ。月の光のせいよ。でも、もう格子を下ろして。寝《やす》みます」

寝苦しさに苛立《いらだ》ちながらも、いつのまにかうとうとしていたらしい。不意に娟子は目覚めた。胸騒ぎがする。それにこの臭い……。

「宮様！」乳母のうろたえた声がこちらへ向かってくる。「お目覚めください！　火でございます！　屋根に火がかかっております」

すばやく娟子は身体を起こした。

「どうすればいいの？」

「こちらへ」きっぱりした声は少納言のものだ。「森の方角が、風上に当たります」

「宮様を、外へお連れだしするのか」

乳母が狼狽《ろうばい》して反対するのもかまわず、少納言は手早く衣を娟子に着せかけていく。

「悠長なことを言っているときではございますまい。ここにいらしては危のうございます」

少納言に導かれ、娟子はまだ夢の中にいるような気持ちで歩を運んだ。

縁から助けおろされ、森に入ると、湿った匂いが濃くなった。むせるほどにかぐわしく、身体を優しく包む空気。素足が冷たく柔らかいものを踏む。これが土の感触なのか。

「宮様の葛籠《つづら》など、運び出せないものでしょうか。もう一度戻ってみます」

じっとしていられないらしい乳母がここまでついてきた女房を促して立ち去ると、娟子と少納言だけになった。

「静かね、ここは」娟子は感に堪えたようにつぶやいた。「ここが、糺の森の中なのね」

神がおわす森。油断なくあたりを見回していた少納言がはっと顔を上げた。

「どうしたの？」

小さな松明《たいまつ》の光の中に浮かぶ顔は、こわばっている。

「宮様、どうかここを動かずにお待ちください。すぐに戻ります」

少納言は老人とは思えない身のこなしで、すばやく木陰に消えた。一人残された娟子は、楠《くす》の大木にもたれ、目を閉じた。周囲の緊迫をよそに、安らかなのはなぜだろう？

この森に守られていると感じるからだ。自然に祝詞《のりと》が口ずさまれた。

「この心悪しき子の心荒びるは、水・匏《ひさご》・埴山《はにやま》姫・川菜《かわな》をもちて鎮め奉れ……」

神代、大神が、自分の産んだ火の神を鎮めるために水や土を用いよと教えてくれた、秘儀に属する祝詞だ。この場にふさわしい。

突然、娟子は凶暴な力で突き倒された。

硬いものが胸を打ち、息ができないほどの衝撃だった。右のこめかみにも激痛が走る。目がくらんだ娟子は一瞬気が遠くなった。空気を求める胸が内側から焼かれるようだ。

「宮？」

遠くから声が聞こえる。誰？

あえぎ、咳《せ》き込んだまま起き上がることもできない娟子の顔に、何か生温かいものが投げつけられ、同時に低い声にののしられた。

「鎮火《ほしずめ》の祝詞を捧《ささ》げるとは、許さない」

割れるように痛む頭で聞いた言葉は、それ以上よく聞き取れなかった。軽い足音が遠ざかり、どれほどの時がたったのだろう、また草を踏む音が近づいてくる。警戒しなければ。娟子の身体が抱き起こされた。抗《あらが》うつもりで弱々しく両手を動かしたが、聞き慣れた声がその抵抗をとめた。

「宮！　どうした、無事か！」

「あなたは……」

ようやく声が出せた。

「おれだよ、俊房だよ！　河合御所が火事と聞き、駆けつけてきた」

娟子は物も言えず、俊房にすがりついた。俊房は温かかった。たしかに生きているもの、娟子を気遣うものとしてそこにいた。

「……俊房、背が伸びたのね」

どうしてこんな時に、こんな暢気《のんき》なことを思うのだろう。

「おれも、いつまでも子どもじゃない」

ほら俊房、すぐに機嫌を悪くする。

次に気づいたときには大勢の女たちのおろおろした声が娟子を取り巻いていた。

「ああ、ありがたいこと、お気がつかれた」

「……乳母」

「宮様、何ともお詫《わ》びのしようもございません。大事の宮様を、こんな危ない目にお遭わせして、わたくしども皆、命をさしだしたとて償えるものではございません」

「そんなに騒がないで」

声を出すのが苦しい。娟子は痛む頭に触れてみた。布が巻かれ、冷やされている。

「これは……？」

「ご心配には及びません。倒れられたとき石に打ちつけたようですが、すぐによくおなりですとも。それにしても、何者の仕業か、何とだいそれたことを。宮様を打ち倒すとは」

「しっ！　宮様、大事ございませんよ。神のご加護で、若君が駆けつけてくださいましたから」

娟子はいきなり思い出した。

「俊房は？　どうしてここにいるの？　家へ帰ったはずでしょう？」

「お案じなさいますな、宮様」乳母の声にいつもの調子が戻ってきている。「ほら、あの音をお聞きください」

言われてみると、鋭い音がする。硬質の聞き慣れない音だ。金物が打ち合うような。

「守りを固めよ。誰一人通すな、宮をお守りつかまつれ」

凛《りん》とした声。あれが本当に俊房だろうか。

守られている。何も怖いものはない。娟子は深く息をつき、疲れて目を閉じた。

──物語の姫宮。あなたは怖くなかった？　世の中には思いもかけない恐ろしいものがいるのに、自分を守ってくれる者を持たないで？

耳の中に低く、呪詛《じゅそ》のような声がこだましている。なぜか娟子は少年を想像した。

鎮火の祝詞を捧げるとは、許さない。

あれはどういう意味だろう？　だがそれを考えるより早く、娟子は眠りに落ちていた。

夢の中で、まだ幼い子若が立ちはだかっている。足元には燕《つばめ》の壊れた巣。

──子若！　燕を手にかけないで！

自分の叫び声に娟子は飛び起き、激痛に頭を抱えた。汗に濡《ぬ》れ、震えている娟子の周囲で、夜はあくまでも静かだった。

河合御所は全焼していた。

「駆けつけたとき、油の臭いがしました。油の瓶《かめ》でも柱に打ちつけたあと、火を投げ入れたのでしょう」

武者がそう報告したそうだ。

乳母と二、三人の女房だけを連れて仮住まいの家に落ち着くと、娟子は強く命じて鏡を持ってこさせ、自分の顔を改めた。こめかみに青黒いあざができている。人は人を、あんなにたやすく傷つけられるのだ。それに、あの後に聞いた硬い金気《かなけ》の音。娟子は今にして思い当たった。あれは武具や剣がこすれる音なのだ。娟子が今まで知らなかった、命を奪い合う世界が、昨夜の森にはあったのだ。

河合御所の再建は見送られた。

「そうですとも。こんなことの後で、まだ離宮暮らしをとは、帝《みかど》も仰せられますまい」

女房たちは喜んでいる。

「閑院に戻りましょう。皇后宮大夫とは気兼ねなさる間柄でもございませんし」

乳母が本当に安堵《あんど》したという顔で言う横から、俊房も言い切った。

「閑院ならおれもすぐに行ける。もしもまたあんな狼藉《ろうぜき》者が出たら、ただじゃおかない」

「お願い、俊房、かまわないで」

「放っておけるか。宮は優しすぎる」

「そういうことではないわ、ただ……」

あんなに生々しく、呼気を感ずるほどに近く、人と触れあうことが怖い、それもある。

だが、もう一つ気がかりがある。決して口には出せないが。

――俊房、どうしてあんなに都合のよいときに、あの森にいたの？

俊房を疑うなど、とんでもない。娟子は必死にそう思おうとする。俊房だって、もう雛《ひな》の巣を壊して喜んでいた子どもではない。かがり火に松脂《まつやに》を投げ込んだりもすまい。

――でも、狩りが好きで、燕を殺していた少年が、そんなに変われるだろうか？

それでも、俊房が自分に手をかけるはずはない。けれど。もし娟子が弱すぎたのだとしたら。たまたま森の中で見かけ、組み打ちをして遊ぶ男たちと同じつもりでふざけて飛びかかったら、他愛もなく倒れ、はずみで怪我をした。だからうろたえた俊房はいったん立ち去り、また改めて来たような顔で自分を抱き起こして……。

祝詞《のりと》を捧げるとは、許さない。

あの声はたしかに若かった。俊房の声だったろうか？　思い出そうとするとまた頭痛に襲われ、息が苦しくなる。

「わたくしは大丈夫。俊房、かまわないで」

「おれはがさつな男だからな」俊房はつぶやくと、乱暴に立ちあがる。そのまま、娟子を見ずに言った。「あの燕の巣は、もとから蛇にやられていたんだ」

「え？」

まるで心を読まれているかのような言葉に、娟子はどきりとした。

「卵は全部食べられていたんだ。でも宮たちが雛を楽しみにしていたから、むごいことを知らせたくなくて、いっそ巣を壊せば隠せると思って棒で叩《たた》き落として……」

猛々《たけだけ》しい目で俊房はにらむように見据えた。

「幾晩もうなされていたって？　燕を手にかけないで、子若って。おれじゃない、殺したのは」

娟子は返事ができなかった。俊房は娟子を見もせずに去る。その後ろ姿を見送り、乳母は困ったようにまごまごして娟子を見る。

今は、乳母に何も言ってほしくない。

「ねえ、乳母、少納言はどうしたの？　ずっと姿が見えないけれど」

乳母の顔つきが険しくなった。

「どのような顔で宮様の御前へ出てこられましょう。あの火事の晩、逐電《ちくてん》してしまいました。そもそも、あの夜の娟子様への狼藉に一枚噛《か》んでいても不思議はございませんね。所詮《しょせん》、素性も知れぬ、土地の老婆です」

「……違うわ」

娟子は小さくつぶやきながら、知らず知らず、傷に手を当てていた。それから、あることに思い当たって、顔を上げた。

「ええ、違うわ」今度の声は前よりも力が籠《こも》っていた。「あの晩、わたくしを襲った者の声は若かった。決して年老いてはいなかった」

そう、若い、少年のような声。娟子は苦い気持ちでその言葉を噛みしめた。

「けれど、あの者は宮様を一人置き去りにして、襲われるにまかせたのでございますよ。少納言さえいたら、あんな危ない目にお遭わせすることもありませんでしたのに」

「何か訳があったはずよ」

宮様をお守りするために来たのですから。

少納言のあの言葉に嘘はないはずだ。

まだ言いつのる乳母を制して、娟子は言った。

「きっと、少納言はまた戻ってきます。その時は必ず、わたくしに知らせるように」

吉日が選ばれ、家移りは八月終わりの夜に定められた。皇女の移転には格式が求められる。小さな家は揺れるようにあわただしくなった。

その中で一人だけ用事のない娟子は、ぼんやりと日を過ごしていた。命が無事だったのだから文句は言えないが、調度も物語もすべて焼けてしまい、無聊《ぶりよう》を紛らわせるものがない。俊房も姿を見せない。ただ外を眺め暮らす日々が続いた。この庭にも朝顔があり、日ごとに花が小さくなっている。

朝顔は寂しい花だ。日が昇ればしおれてしまう。早朝、一人で愛《め》でるしかない花。

今夜出立という朝、乳母が渋い顔でやってきた。

「宮様、あの女が戻って参りました」

娟子ははっとして腰を浮かせた。

「あの女とは、まさか……？」

「はい。少納言でございます」

「すぐに。すぐに連れてきて」

意外にも乳母は素直に従った。娟子の予想が当たったことを、常人ばなれした力のためと恐れているのかもしれない。娟子はただ、人を信じただけなのに。

老婆は一段と痩《や》せこけていた。

「宮様にはお詫《わ》びのしようもないのに、御前にお許しいただき、ありがとうございます」

「何か、言うことがあるのでしょう?」

俊房はさておき、少納言もこの夏の不審なできごとに、関わっているような気がする。

「宮様、今はお話しするゆとりがございません。今夜、先方に何事もなくご安着なさったら、その時こそ、すべてをお話しいたします。ただ今は、宮様の車のそばに少納言が陪従《ばいじゅう》しますことだけをお許しくださいませ」

「ならばいっそ、車に乗ればどう?」

娟子の乗り物は広い。乳母と娟子のほかにも二人ほどならば同乗できる。

「いいえ」少納言はきっぱりと首を振る。「車の中では、いざというとき動けません」

「いざというとき?」

「昔ほどには身体も利きません。あの夜、それをいやというほど思い知らされました。わたくしが取り押さえれば済むから、宮様をお一人残しても大事ないと思っていましたのに、まんまと横をすり抜けられて……」

「どういうこと？」

だが、少納言は必死な目でこう繰り返すばかりだった。

「どうか何も聞かず、少納言の好きにさせてくださいませ。そして今夜何が起きても、どうぞ、どうぞお目こぼしくださいませ」


貴人が――特に女性が――移動するのは夜が多い。人目に触れるのを避けるためだ。日が落ちれば人通りもまれな河合の地から出発する行列は、さして大きくはなかった。閑院の大夫は迎えを差し向けてきたが、闇の中では、それもちっぽけな集団にしか見えない。

「供の者はこれだけでしょうか」

乳母も心細そうにつぶやいた時、門前に一団の人影があらわれた。

「俊房中将殿の命《めい》により、お供いたす」

鎧《よろい》の音をさせているのは、見慣れた武者たちだった。あからさまにほっとする乳母をさしおいて、娟子は車の中から声をかけた。

「中将殿は？」

「宮中に伺候すべきお役目をどうしても辞退申し上げられず、お越しになれませぬ」

「そう」

まだ俊房は機嫌を直していないのか。娟子は落胆し、それからそんな自分に腹を立てた。車の横に立った少納言が、娟子をじっと見つめている。何か言いかけようとしたようだが、結局行列を出発させる合図をしただけだった。

連日の支度に疲れた乳母は、大きな屋敷に移れる安心感もあってか、娟子の横で眠りこけている。同乗しているもう一人の女房も。

心配しているのは少納言だけのようだ。

小さく苦笑して、娟子も目を閉じた時だ。

「邪魔立ては許さぬ！」

鋭い声が闇をつんざいた。供の者たちがあたふたと立ち騒ぐ気配がして、車が止まる。

「うろたえるな！　宮様をお守りしろ」

さすがに武者たちは動じない。車の内にいて様子がつかめないことに苛立《いらだ》ち、娟子は乳母を押しのけて物見窓を開けてみた。闇の中にいくつもの松明《たいまつ》が動き、その中心にもみあう人影がある。その一つは少納言だ。もがく人間を押さえつけている。

「誰か、少納言に手を貸して」

娟子の声もうわずった。狼藉《ろうぜき》者を取り押さえるのは、かよわい老婆一人の手に余るだろう。だがよく見るうちに、娟子は自分の間違いに気づいた。少納言は狼藉者を取り押さえようとしているのではない。娟子の警護の武者から守ろうとしているのだ。

「どうぞお見逃しください。何の力もないお方ですから」

少納言が嘆願する声にかぶせるように、またさっきの鋭い声が響く。

「無礼は許さぬ」

娟子の知り人の声ではない。だが、この声はたしかに記憶にある。これは……。

「そなたらも、汗をかけられたいのか」

そして、しがみつく少納言の手を無理やりひきはがし、地になぎ倒すと、憎々し

げにその顔に唾《つば》を吐きかけた。

「それに、少納言！　この裏切り者！」

娟子は息を呑《の》み、目を背けながら悟った。あの火事の夜、自分も同じことをされ

たのだ。

松明が揺れ、くっきりと浮かび上がった泥だらけの人影を見て、娟子はまた息を

呑んだ。

女だ。それも、若く、美しく整った顔の少女。

俊房ではない！　少女はぎらぎらした目でこちらをにらみ、右手に握り締めた皮袋のようなものをしきりに振り回しながら、嘲《あざ》けるように声を張りあげる。

「ほれ、近づくな。汗をかけてやる、誰も彼も二目《ふため》と見られぬ姿になるわ」

その少女を、少納言は必死に行列から遠ざけようとしているのだ。娟子は、無意識のうちに声を張って呼びかけていた。

「少納言にかまうな」

武者たちの動きが止まり、娟子に注目が集まる。神に祝詞《のりと》を捧《ささ》げる斎王の、訓練した低く通る声で娟子は続けた。

「そのまま、行かせてやるがよい」

ようやく一息ついた少納言が好機を逃さず、押さえつけた少女の耳に何かささやく。と、少女の目の光が消え、緊張の糸が切れたように動かなくなった。少納言がすばやく袋を取り上げる。勢いが強すぎて、中から汁のようなものがこぼれ、地を黒く染めた。

「何ということでしょう。不届き者は厳しく詮議《せんぎ》しなくては」

たけりたつ乳母を抑えて、娟子は言った。

「車を出して。そして、誰も捕らえては駄目」

武者が一人、松明を近づけて地面を調べている横を、車は動き始める。振り返ると、すでに二つの人影は闇に溶けていた。

「宮様、あの不届き者の少納言もこのままには……」

「かまわないで」娟子はそう約束したのだから。「それに、少納言はきっとまた来るわ」

それが少納言との約束だ。

同乗の女房が、しきりに首をひねっている。

「それにしても、あの狼藉者の子ども……」

「見覚えがあるの？」

「はい……いいえ、まさか、そのようなことがあるはずはございません」

いくら聞き出そうとしても、女房はそれ以上言わなかった。

暁。結局眠れずにいた娟子の部屋の格子を、小さく叩《たた》く音がした。

「少納言？」

格子の外から小さな声が応《こた》えた。

「はい。宮様のおかげでお咎《とが》めもなくて済みました。本当にありがとうございます」

「少納言との約束ですもの」娟子は床《とこ》に起き上がってほほ笑んだ。「今度は少納言が約束を果たす番よ。何もかも話してちょうだい」

「はい、そのつもりで参りました。けれど賢い宮様は、すでにおわかりではないですか」

「いいえ、わからないことだらけ。というより」娟子は顔をしかめた。「考えたことはあまりに途方もなくて、本当とは思えないの」

「ならば、そのお考えはたぶん正しいと存じます。これは何もかも、途方もなさすぎて、誰にも止められなかったことなのですから」

「ねえ、少納言、ここへ来てちょうだい。格子越しの話では、あまりにまだるい」

「いいえ、御前へ参上できるような姿ではないのです。少々汚れておりまして」

「それは……血、に？」

娟子は血という語を口にするのが初めてだった。斎院暮らしは身に染みついている。

「ああ、やはりおわかりですね」少納言の声音《こわね》がわずかにやわらいだ。言いにくいことを娟子が代わりに言ってくれたと、安堵《あんど》したように。「ならば、あの方の正体もおわかりでしょう」

娟子は口ごもった。だが、少納言が口を開こうとしないので、仕方なく話しはじめた。

「一つ一つ、考えてみたの。まず、昨夜のあの者は、わたくしの車に、その、血、をかけようとしていたのね？」

「はい」

「そして、今までずっと河合御所に、鳥や犬の尾や猫を投げ込んだり、火をかけたりした者と同じなのね？」

「はい」

「わたくしはあの声を二度聞いた。一度は祝詞のことを言うのを。そして昨夜は……」

そなたらも、汗をかけられたいのか。

「あの者は、血を汗と言った。あの忌み言葉を使うのは、斎院にゆかりの者だけ」

「はい」

少納言は、ほかの言葉を忘れてしまったのだろうか。

「でも、斎院ゆかりの者と言っても、たくさんいるわ。わたくしだけではない。先々代にも、当代にも……けれど」娟子はためらい、また続けた。「鎮火《ほしずめ》の祝詞に、許さぬと血相を変えるなんて、斎王に仕える人間とは思えない。でも斎王本人なら。斎王と言えばこの世に三人だけ。そして、わたくしの前のお方はすでに東宮妃。どう考えても夜の大路を歩いたり、ましてや昨夜のような乱暴が働けたりはしない。となると」

「そうでございます」少納言が、やっと話を引き取った。「昨夜お車に迫ったのは、当代の斎王、娟子様の異母妹の三輪様なのです」

二人はしばらく無言のままだった。

「……まさか」沈黙を破ったのは娟子だった。「斎王ともあろう人、神に仕える人が、夜更けに抜け出して都をさまようなんて」

だが言いながらも、娟子はそれができないことではないのに気づいていた。聖域だから、侵入する者は厳しく咎められるが、中から出るのはむずかしくはない。警護の者は門を固めているだけだ。そう、たとえば、透垣《すいがい》の目を潜り抜けられるような、細い小さな身体の者ならば、武者たちも裏を掻《か》かれてしまう。ただし、衣を汚しても叱られない身分ならば、だが。

「でも、なぜ？」娟子の声はうわずった。「なぜ、あの子は会ったことさえないわたくしを、あんなに憎んだの？」

斎王が、あれほどの禁忌を破り、血に手を汚すことさえかまわずに。

「娟子様が、三輪様の決して持てないものを、何もかもお持ちだからです」

「わたくしが？」娟子は思わず笑い出した。「ひっそり暮らす、なんの華やぎもないわたくしに、何があるというの？」

関白を味方につけ、しかもあれほど美貌《びぼう》の三輪なのに。娟子にかまわず、少納言は続けた。

「三輪様は、ご誕生の直後に母上と死に別れた。それに引き換え、娟子様の母上はご健在。物語の大好きな三輪様をさしおいて、朝顔斎王ともてはやされるのも娟子様。何より、三輪様は、いくら祈っても神に近づけないと思いつめておいででした。お気づきではないでしょうね、今年あれほど旱《ひでり》に見舞われたのに、娟子様がお祈りなさるとたちどころに雨が降り出した。まるで、現斎院の至らなさを神がお示しになったように」

「そんなことは、わからない……」

娟子とて、どれほどの資質があるか。

「娟子様にはそう思うゆとりがおありでしょう。けれど三輪様は斎王の任が重荷で、追い詰められていたのです。帝《みかど》まで、位を退いた娟子様を今でも巫女《みこ》扱いしている。験力《げんりき》のない現斎院の代わりをせよと言わんばかりに」

だから朝顔をすべて抜いたというのか。そうだ、あの手の込んだいやがらせをされたのは、雨乞《あまご》いの儀式の直後だった。

「三輪様にはその理由もわかっていた。恋をして、神よりも人のことを心にかけているから、祈りが聞き届けられないのだと。それでも自分の心をどうすることもできず……」

「恋ですって？」

三輪は、あんなに幼く見えたのに。

「三輪様は十四歳。斎王におなりになる前から心に秘めた思いがおありでした。けれど、それは決してかなえられない。一方で、娟子様は、三輪様がいくら焦がれても手に入れられないものを易々とお持ちになっていて、しかもそのことにお気づきでさえない」

「いったい、何のこと？」

「ある方の好意です」

「ある方？」

「いらっしゃるでしょう。娟子様をいつも守ろうとしている公達《きんだち》が……。俊房様です」

娟子は今度こそ言葉を失った。弟としか思っていなかった子若――俊房。だが、言われてみればたしかに思い当たる。

暴れ馬の時も、朝顔の抜かれた後も。

宮様、大したことじゃないさ。

何より火事の夜に助けてくれたのも。

「わたくしは何も気づかず……」言いさして、娟子の頬が赤く染まった。騒ぎが起きるのはいつも俊房の訪問の直後。娟子はそれを、俊房に思いを寄せる者の嫉妬《しっと》のあまりの仕業とはつゆとも思わず、俊房本人を疑っていたのに。

あの少年のような声。実は、少女の押し殺した声だったのだ。

斎王は声を自在に操れるように、訓練させられる。

「そう、宝を持っている方はえてして、その価値に気づかないもの。三輪様は俊房様を兄上と呼び、ずっと慕っていらしたのです。斎王におなりになる前は、俊房様の後を追ってお庭を駆け回るような、元気なお子で……」

俊房は、娟子には又従弟《またいとこ》。けれど三輪にとっても従兄《いとこ》だ。俊房の父も三輪の母も、どちらも関白の猶子《ゆうし》だから。貴族や皇族の絆《きずな》は、もつれた糸のようにからみあっている。

「けれど、俊房様の視線はいつも娟子様に向けられていた。娟子様が斎王であった頃は紫野に頻繁に通われる。三輪様はずっと、斎王になれば俊房様が会いに来ると思い込んでいました。だから、斎王に選ばれたときは跳び上がって喜ばれました。これで、俊房兄上は来てくれるだろうと。けれど俊房様は、いくら待ってもおいでがなく、今年になったら河合御所にばかり……。三輪様はもう自分をごまかすこともできずに、斎院を抜け出しては俊房様をこっそりとつけまわすようになりました。女房たちも止めようとはしたのですが、ことが表沙汰《おもてざた》になるのを恐れて、思い切ったこともできなくて。わたくしに、俊房様の乳母と知り合うように強要したのも、三輪様です。少しでも俊房様のことを知りたいからと」

臆病《おくびょう》な娟子とは何という違いだろう。

「それをよいことに、わたくしはその乳母を動かして娟子様に近づきました。三輪様にも内緒で。早晩、三輪様の悪意が娟子様に向けられるのではと危惧《きぐ》しておりましたから」

少納言！　この裏切り者！　あの言葉はそういう意味か。

「けれど三輪様がこれほど無謀なことをなさろうとは思いませんでした。特にあの七夕の晩、俊房様が今度こそ娟子様に思いを打ち明けようと決心して、河合御所を夜更けに訪ねられたとき。あの時、三輪様は心の掛け金をはずしてしまったのです。決して狂気の方ではないのに、まるで物狂いのように……」

　娟子は自分の鈍さが恥ずかしく、顔も上げられなかった。俊房のそんな決心――女房たちもわざと席をはずして――を、当の娟子は気づきもせず、間の抜けた返事をして怒らせ、そのまま帰してしまったのだ。

　おれも、歌でも詠めればいいのかな。

「俊房様も、せっかくわたくしがお渡しした父の歌集も、ご自分の役には立てず、右から左、娟子様にさしあげてしまうような不器用な方で……ああ、娟子様、ご自分をお責めにならないでください」娟子の心を読み取ったように少納言が言う。

「わたくしは娟子様と三輪様と、なぜこれほど違うのかとため息が出る思いでした。三輪様もこれほど無垢《むく》であられたら、どんなによいかと」

「いいのよ、慰めを言わないで」

「慰めではございません。先般、娟子様との話をしくじった公達は、恥じて顔を見せなくなりました。それほど、娟子様の純なお心は、世の人々には貴重なのですよ。だから、ご自分の宝を軽んぜられますな。そしてその幸せを存分にお楽しみください。でなければ、不幸な者は浮かばれませんから」

「俊房は、三輪のことを……？」

「ただ、妹のような方としか。ですから決して、決してお話しくださいますな。それでは三輪様があまりにお可哀想ですから」

少納言が立ち上がる気配がした。

「宮様、今度こそおいとまを申し上げます。娟子様は少納言の力など必要ない、ずっとよい方に守られておいでのお方でした」

「少納言、待って」

娟子はあわてて声をかけた。もう我慢できず、自分から格子を上げる。縁先に立っていた少納言の表情は、明けようとしている空を背景にしていてわからない。

「あなたはどういう人なの？　なぜそれほどにくわしく、三輪のことを知っているの？」

「わたくしは三輪様が生まれたときから……いいえ、元をただせば、三輪様のひいおばあさまが四代前の帝の皇后だったときからずっと、あのご一族に仕えて参ったのですよ」

少納言はふっと笑ったようだ。

「若いときのわたくしは、気の利いた草子《そうし》などを書いたために才女とちやほやされ、もてはやされて。たいした身分でもないわたくしを重用し、たしなみを教えてくださったのが、その皇后でした。不遇な方で、ちょうど娟子様の母上と同じに、時の大臣――今の関白の父君――に疎まれ、華やかな中宮に押しのけられてはかなく世を去られました。ですが、いまわの際に、わたくしの手をお取りになって、少納言、子どもたちをお願いと。だからわたくしはご遺言に従って、お子やそれに連なる方たちを見守り、どこまでもお世話しようと心に決めました。けれどわたくしの皇后の裔《すえ》の方たちは、皆様ご不運で。なかでもとりわけ心配なのが三輪様なのです」

少納言は、今度ははっきりと笑った。

「わたくしの運命のようですね。不遇な方、運に見放された方にばかりお仕えするのが。ひねくれ者の少納言には似合っています」

「少納言、もう会えないの？」

「明るい道を行く娟子様には、少納言は似つかわしくありません。どうぞ、お健やかに。少納言は三輪様のもとに戻ります。この閑院ならば人目も多い。三輪様も、もう無茶はなさいますまい。わたくしも、今度こそきつくお話ししましたから。中将様の供回りの者にお顔を見られてしまいますよ、と。それに、そろそろ帝《みかど》も捨ておけないと悟られたはず。早晩、三輪様には斎王を退位するように勅命がございましょう。そう、きっとあたりさわりのないように、病でも口実にして。でも少納言だけは、三輪様についていきます」

立ち去りかけてから、少納言は振り向いて付け加えた。

「宮様へ、ささやかなお礼を残しておきました。どうぞ、お受け取りください」

夕暮れ。一日中誰も寄せつけず、部屋に籠《こも》っていた娟子は、物思いにも疲れて外を見ていた。朝顔の小さな蕾《つぼみ》が夕闇に白く光っている。娟子は格子に近寄った。端近にいてはならない、外に出るなどもってのほか。三輪もきっとそう言い聞かされて育ったのだろう。なのに、その戒めをものともせず、夜の大路をひた走ったのだ。あの憑《つ》かれたような目で。

娟子は縁に出た。そのまま庭に降りる。

こんなに簡単なことだったのか。そっと触れた蕾は、思いのほか強い手ごたえがあった。地に根を張る草の勢いが感じられる。摘み取られ、整えられて差し出される朝顔の花は、もっとくにゃりと頼りなかったのに。

「娟子様」縁を回ってきた女房は、娟子が庭にいるのを見て仰天したようだったが、後ろに立つ人影に気兼ねして、平静を保った。「源氏の中将がおいでです」

娟子は今まで気づかなかった自分の迂闊《うかつ》さに笑い出したくなった。

三位中将、源俊房。娟子の「源氏の君」は、こんなにすぐ近くにいたのに。

「文《ふみ》をいただいたからね、早速こうしてやってきたよ」

照れたような顔で、ぶっきらぼうに俊房が言う。

「文？　そんなもの、わたくしは……」そこで娟子はあることに思い当たり、言い直した。「今、持っている？」

俊房は、袖《そで》の中から大事そうに浅葱色《あさぎいろ》の紙を取り出した。

娟子は震える手でゆっくりと開いた。やはり。あの私家集と同じ見事な筆跡。これが少納言の手跡なのだ。中にはただ、歌が一首。

宮様へ、ささやかなお礼を残しておきました。

君こずは　誰に見せまし　わがやどの　かきねにさける　朝顔の花

どうする？　もう一度、あの薄暗い室内に逃げ込もうか？　帝のご内意のまま、陰ながら神に仕える役目、娟子の手に余る重荷を、迷いを見せることも許されぬ顔で、背負いつづけようか？

物語の斎王、わたくしはあなたとは違う。

娟子は唇が震えるのをこらえ、笑顔を作って言った。

「ええ。これは、わたくしの初めての恋歌なの」

＊　＊　＊

君こずは　誰に見せまし　わがやどの　かきねにさける　朝顔の花

（拾遺和歌集　詠み人知らず）

（双葉文庫『七姫幻想』に収録）

照日《てるひ》の鏡——葵上《あおいのうえ》

澤田　瞳子

澤田瞳子（さわだ・とうこ）

１９７７年京都府生まれ。同志社大学文学部卒業。同大学大学院博士前期課程修了。２０１０年『孤鷹《こよう》の天』でデビューし、翌年に第17回中山義秀文学賞を受賞。13年『満つる月の如し 仏師・定朝《じょうちょう》』で第32回新田次郎文学賞、16年『若冲《じゃくちゅう》』で第９回親鸞賞、21年『星落ちて、なお』で第１６５回直木賞を受賞。他の著書に『日輪の賦』『泣くな道真 大宰府の詩《うた》』『龍華記《りゅうかき》』などがある。

わたくしが照日ノ前《てるひのまえ》さまのもとに雇い入れられたのは、十歳の秋でございました。湖を渡る風が肌を切る、それはそれは寒い日であったと覚えております。

照日ノ前さまは今日《こんにち》も都じゅうに名の通った、験顕《げんあき》らかなる巫女《みこ》さま。ですがわたくしがそのお方の元に参ったのは、別に修行なぞではありませぬ。

そなたさまの如くお若い方は、ご存じないやもしれませんが、今からちょうど六十年前の壬戌《みずのえいぬ》は、春の終わりからひどく寒い雨が降り続いた年でございましてな。わたくしの里である近江国《おうみのくに》（現在の滋賀県）小野《おの》でも、稲はまだ皐月《さつき》も過ぎぬうちに立ち枯れ、秋の訪れを待たずそこここの家々が食い詰める羽目となりました。

ですが幼馴染《おさななじみ》の娘たちが次々と売り飛ばされる中、わたくしだけが秋の終わりまで家に留《とど》まることが出来たのは、別に両親が娘可愛さの余り、わたくしを手放さなんだわけではありませぬ。

買い手がなかったのでございますよ。その理由は、こうしてご覧になってもお分かりでございましょう。上を向いた鼻、出っ歯の口、浅黒い肌……人並みのご面相であればともかく、まだ言葉も分からぬ幼き頃より、化け物だの醜女《しこめ》だのと呼ばれ続けたわたくしでございます。長じた後の醜さまでもが容易に想像できよう童女を、すき好んで買おうとする者はおりますまい。そして実際、ほうぼうの村を跳梁《ちょうりょう》しておった人買いどもも、わたくしを一目見るなり、これは売れぬと我が父母に面と向かって申したのでございます。

されど田を這《は》いつくばって生きるしかない庶人《しょじん》にとっては、唯一、金目のものといえば娘程度。それだけにわたくしの物代《ものしろ》で来年の籾《もみ》を買う算段をしていた父母は困り果て、火の気のない家の中から秋枯れた野面《のづら》を眺め、ただただ重い息をついておりました。

そんな最中《さなか》でございます。照日ノ前さまが突然、我が家にお越しになったのは。

ええ、その折の有様は、忘れようとしても忘れられませぬ。豪奢《ごうしゃ》な手輿《たごし》をしずしずと運んできた駕輿丁《かよちょう》の揃いの絹の衣も、そこここから飛び出してきた村の者たちの驚き顔も。

四方を綺羅《きら》で飾り立てた輿は、あっという間に集まった野次馬たちにはお構いなしに、我が家の前に止まりました。そして晩秋にもかかわらず、素肌に汗衫《かざみ》、素足に足駄《あしだ》をつっかけた奇妙なお姿のまま土間にずいと踏み入ってきた一人の女性《にょしょう》が、

「そなたが久利女《くりめ》とやらじゃな」と口早に仰せられたのでございます。

「わらわは都の五条大宮に住まいする、照日と申す巫女じゃ。この郷《さと》に世にも醜い娘がおると聞き、ぜひ買い受けたいと都より参った」

「照日ノ前さまでございますと」

戸口に詰め掛けて家内をうかがっていた村の衆が、どよめきました。ですがそんな野次馬や板間で膝立《ひざだ》ちになった父母には目もくれず、照日ノ前さまはただわたくしだけを見つめておられました。

御年はあの当時ですでに、五十の坂を越えてらっしゃったでしょう。されどぎらぎらと輝く双眸《そうぼう》といい、ぷっくりとした唇といい、そのお姿はまだ三十そこそこにしか映りませんでした。瞬《まばた》きをまったくなさらない白目は青みがかかり、くっきりと差された紅の濃い色と相まって、美しい鱗《うろこ》を輝かせる蛇を思わせました。

どれ、という声とともに、照日ノ前さまは足駄を脱ぎ捨て、ずかずかと板間に上がって来られました。あまりの恐ろしさに身動きもならぬわたくしの頰を片手でぐいと摑《つか》むや、「——気に入った」と嘆息まじりに仰せられました。

「確かにこれは、醜女じゃ。これほど愛らしさの欠片《かけら》もない童女を、わらわは初めて見たわ」

満足気に一、二度うなずかれ、照日ノ前さまは光り輝くものを懐からじゃらりと引きずり出されました。それが氷の粒を連ねたが如き水晶の数珠《じゅず》だと気付いた村の衆が、またしてもどよめきました。

「この娘、これなる数珠一具でもらい受けるぞよ。これまで幾度も売り飛ばそうとしては買い手が付かなんだ娘と聞いておる。否はなかろう」

「は、はい」

父母が気圧《けお》された顔で首肯するのを待たず、照日ノ前さまはわたくしの襟首をまるで犬ころを引きずるように摑まれました。村の衆がぱっと戸口から四散するのに唇を歪《ゆが》め、そのままわたくしを外の輿に押し込まれました。

「ちょ、ちょっと、どこにあたしを連れて行くの」

太り肉《じし》の身体をどすんと輿に押し込みながら、照日ノ前さまは悲鳴を上げるわたくしを一瞥《いちべつ》なさりました。軽く鼻を鳴らし、どこからともなく取り出した蝙蝠《かわほり》でぱたぱたと襟元を扇ぎ立てられました。

「黙れ。おぬしの身は、この照日が買い受けた。あの数珠は、東宮《とうぐう》さまより直々にいただいた唐《から》渡りの名品でな。まともな商人の手に渡れば、絹二十疋《ぴき》、いや三十疋もの値がつこう。おぬしの如き醜女の物代には、過分な品じゃ」

なにせ当時のわたくしは、近江の田舎のただの野良娘でございました。それだけに照日ノ前さまの堂々たるたたずまいや、そのお名前に父母や村の衆が怯《おび》え切った顔をしたことがただただ恐ろしく、輿の手《て》摺《すり》にしがみついてぼろぼろと涙をこぼし始めてしまいました。

するとさすがに照日ノ前さまは表情をやわらげ、「怯えることはないぞよ」とわたくしの肩に手を置かれました。

「わらわはそなたに、勤めの手伝いをしてほしいのじゃ。有体《ありてい》に言えば、わらわの生業《なりわい》には目鼻立ちの整った者は要らぬ。ただ余人から嘲《あざけ》られ、醜いと謗《そし》られ続けるような者だけが、必要なのじゃ」

お言葉の意味は、まったく理解できませんでした。ただそれでも父母の来年の籾の算段がついたのだとようやく悟り、わたくしは拳《こぶし》で涙を拭《ぬぐ》いました。

「おお、おお。芯《しん》の強い娘じゃ。これは先が楽しみじゃのう」

照日ノ前さまがほくほくと笑う間に輿は逢坂山《おうさかやま》を越え、やがて繁華な都大路《みやこおおじ》に差しかかりました。これまで二、三度、物売りに出かける村の衆に従って市に来ていただけに、その賑《にぎ》わいにはさして驚きはいたしません。ですがそれでもさすがに、輿が五条大路に面した壮麗なお屋敷に吸い込まれていったときには、思わず腰を浮かせて四囲を見回しました。

珠を連ねたに似た美しい瓦《かわら》、白く輝く庭砂……村中の家々がぽっかり収まりそうな広大な敷地に、幾棟もの堂宇が果てもなく立ち並んでいます。そのうちの一棟から駆け出してきた人々が、「お帰りなさい、照日ノ前さま」「お早いお戻りでございました」と口々に言って、輿を取り巻きました。

「ああ、いま戻ったわい。この娘が、今日からわらわの見習いになる。屋敷のあれこれをよおく教えておやり」

「はい、かしこまりました」

数人の女房がわたくしを輿から引きずり降ろし、庭に面した一間《ひとま》に連れてゆきます。夏も冬も一枚きりの布子《ぬのこ》を無理やり脱がされながら、わたくしは身をすくめました。

「い、いったい、ここはどこなの」

すると女房衆は驚きを顔に浮かべ、「これは驚いた。なにも知らずに照日ノ前さまに従ってきたのかい」と言い立てました。

「どこの田舎娘かは知らないけど、照日さまのお名前だけは聞いたことがあるだろう。ここは左大臣さまのご信任厚く、内々に宮城《きゅうじょう》へのお出入りも許されているその巫女《みこ》さまのご邸宅さ」

　それでもなおきょとんと目をしばたたいたわたくしに呆《あき》れたのでしょう。女房たちは、なんとまあとため息をつきました。

「本当に何にも知らないんだね。照日ノ前さまは元は、宇治《うじ》の古社にお仕えしていた巫女さまでね。かれこれ十五年ほど前、まだ引入《ひきいれ》の大臣《おとど》と呼ばれていらした左大臣さまのご栄達をぴたりと言い当てられ、今じゃ都じゅうの上《うえ》つ方《かた》の中でそのご託宣を受けない方はいないほどのお方だよ」

　照日ノ前さまがこれまで言い当てたのは、先の帝のご寵愛《ちょうあい》厚かった更衣《こうい》のご逝去に始まり、現在、左大臣の娘婿でいらっしゃる近衛《このえ》右大将《うだいしょう》さまの官歴、諸国の天候や旱魃《かんばつ》の有無など数え切れないとうかがうに従い、激しく動悸《どうき》を打っていたわたくしの胸の裡《うち》は、わずかに凪《な》いでまいりました。

　あの傲岸《ごうがん》な挙措も物言いも、そううかがえば得心が出来ます。そもそも巫女とは諸神のご託宣を聞き、それを人に伝えるのが勤め。ならば世の人々とは異なり、わたくしの如き醜い娘をお手元に置こうとなさるのも、何らかの理由がおありなのだと思い至りました。

「さあ、出来た。照日ノ前さまは気短なお方だ。お待たせするんじゃないよ」

さらさらと肌触りのよい絹の衣を着せると、女房たちはわたくしを照日ノ前さまの御前に連れて行きました。昼というのに四方の蔀戸《しとみど》を締め切った一間には、眩《まばゆ》いばかりに燭台《しょくだい》が並べられ、そのちょうど真ん中に美々しい小袿《こうちぎ》が一枚、まるで何者かに打ちかけるかのように広げられておりました。

その傍らに胡坐《あぐら》をかかれた照日ノ前さまは、大ぶりの弓を膝に置き、片手でその弦をしきりに弾《はじ》いておいででした。雲母《きら》を貼り付けたが如く光る眸《ひとみ》を上げ、「来たか、醜女《しこめ》」とにやりと笑われました。

「この家の生業は、すでに聞いたであろう。これよりおぬしには、わらわの梓《あずさ》の法《のり》の手伝いをしてもらうでな」

梓の法、と呟《つぶや》いたわたくしに、照日ノ前さまはうなずかれました。

「そうじゃ。わらわの法力はな、すべてこの梓弓より発しておる。世の栄枯盛衰、人の浮沈、誰が誰を怨《うら》み、呪詛《じゅそ》をかけんとしているかまで、みな弦の音が教えてくれるわい」

緩く張られた弓の弦は、照日ノ前さまが弾くたびに、びいんと締まりのない音を発しております。およそそれが様々な託宣の源とは思えず、わたくしは返す言葉に詰まりました。すると照日ノ前さまは相変わらず瞬きのない目を細め、「いずれ分かる」とまた弦を弾かれました。

「実は半月ほど前より、左大臣さまの娘御が病みついておられる。御名を葵上《あおいのうえ》さまと仰せられ、一度は東宮さまの妃《きさき》に と目されていたほどに尊きお方でな。父大臣さまのお計らいで先の帝の第二皇子、今は臣下として源《みなもとの》右大将と呼ばれておいでのお方に添われ、この秋のはじめに男児をお産みになった。されどその直後より、なにやら生霊《いきりょう》に祟《たた》られておいでと見えるのじゃ」

左大臣さまも東宮さまも、これまでの暮らしではお名前すらうかがうこともなかった雲の上のお方です。あまりのことに言葉も出ぬわたくしにはお構いなしに、

「明日は」と照日ノ前さまは続けられました。

「おぬしを連れて、葵上さまの元に伺候《しこう》いたすぞ。世の中には、おぬしの如き醜い女子《おなご》にしかできぬことがあるでのう」

去れ、とばかり片手を振り、照日ノ前さまはまた大きく弦を弾かれました。

腹の底に響く弦の音が、輝くばかりに美しいお屋敷や、東宮さまや左大臣さまという雲上人《うんじょうびと》の上に、重苦しい雲を運んでくるかに見えました。えらいところに連れ

て来られてしまった、という恐ろしさが改めて胸にこみ上げ、わたくしはいつの間にかからからに渇いていた喉《のど》をごくりと動かしました。

翌朝、暗いうちに女房たちに叩《たた》き起こされ、わたくしは井戸端に連れて行かれました。否を言う暇もなくまたも衣を剝《は》ぎ取られると、今度は頭から水をぶっかけられました。

すでに長月も半ばだけに、井戸の水は肌に痛いほどに冷たく、あっという間に手足は血の色を浮かべて真っ赤に染まります。

見れば、傍らの殿舎の簀子《すのこ》には照日ノ前さまが座り、全身からぼたぼたと水を滴らせるわたくしを面白げに眺めてらっしゃいました。

「手足の隅々まで、よく浄《きよ》めよ。上つ方は醜いものがお好きな癖に、ひどく潔癖でもいらっしゃるでな」

藁縄《わらなわ》を結んで拵《こしら》えた束子《たわし》で痛いほど身体を磨かれた末に与えられたのは、紅の袴《はかま》に袿《うちき》と単《ひとえ》……ざんばらに伸びた髪を幾度も梳《す》かれ、どうにか体裁を整えたわたくしを引きずるように、照日ノ前さまは昨日と同じ手輿《たごし》に乗り込まれました。

その頃になると、ようやく明るみ始めた空が東山《ひがしやま》の稜線《りょうせん》を黒々と際立たせ、気の早い鶏が路地の奥で啼《な》いております。手輿は次第に人の増え始めた大路をまっすぐ進み、やがて一軒の豪華なお屋敷の前で止まりました。

「開門じゃ。照日ノ前さまがお運びじゃぞ」

輿昇《こしか》きの一人の叫びに、家司《けいし》と思《おぼ》しき数人が転がるように飛び出してきました。

そんな彼らを、照日ノ前さまは輿の中からじろりと見渡されました。

「姫君のご加減はいかがじゃ」

「はい。昨夜も夜通し苦しげに呻《うめ》かれ、明け方近くになって、ようやくお休みになりました」

やがて輿が舁き据えられたのは、遣水《やりみず》と渡殿《わたどの》に挟まれた狭い庭でございました。中年の女房が、「こちらへ」と照日ノ前さまを促すのに、わたくしは急いでその後に従おうとしました。

しかし慣れぬ袴と袿は重く、歩くことすら容易ではありません。あまりに気が急《せ》いたためでしょう。袴の裾《すそ》を踏んでつんのめったわたくしを、先を行く女房が嘲《あざけ》りを含んだ目で顧みます。あまりの恥ずかしさに頬を赤らめたとき、「誰ッ。そこにいるのは」という女の絶叫が辺りに響き渡りました。

卑賤《ひせん》の身の哀しさです。わたくしは思わず、身をすくめました。しかし声の主はそれにはお構いなしに、「昨日もわたしを苦しめながら、なおも恨み言を述べんというのですか。源右大将の北の方たるわたしが、それほどに憎いのですか」と恐怖に強張《こわば》った口調でまくし立てました。

ついで何かがぶつかる鈍い音、盥《たらい》の水をぶちまけるに似た水音が続きます。

「なにをするのッ。誰か、誰かッ」

「ひ、姫さまッ」

ただごとならぬ気配に走り出した女房を、照日ノ前さまが追いかけます。衣の重さなぞ頓着《とんちゃく》している場合ではないと、わたくしは袴の裾を両手でたくし上げてその後を追いました。

渡殿の奥は広い対《たい》の屋《や》になっており、顔を蒼白《そうはく》に変えた女房たちが庇《ひさし》の間で身を寄せ合っています。照日ノ前さまは彼女たちを押しのけ、母屋《もや》に続く遣戸《やりど》を力いっぱい開け放たれました。その刹那《せつな》、耳をつんざくが如き悲鳴が四囲に響き渡りました。

「く、苦しいッ。その手を、その手を放しなさい」

先ほどの女房が母屋に飛び込もうとするのを、照日ノ前さまが「入ってはならぬッ」と喚《わめ》いて押しとどめられました。

「この母屋には今、生霊の禍々《まがまが》しき気が満ちておる。法力を持たぬ者が踏み入れば、たちどころに命を失おう」

言うが早いか、照日ノ前さまは敷居際にどっかと胡坐をかかれました。荷《にな》っておられた梓弓を胸の前に構えたかと思うと、その弦をおもむろに鳴らし始められました。

「天清浄《てんしょうじょう》、地清浄《じ》、内外清浄《ないげ》、六根清浄《ろっこん》――」

女房たちが一斉に手を合わせ、腹の底に響く照日ノ前さまの祝詞《のりと》に声を合わせます。わたくしは遣戸を塞《ふさ》ぐように座った照日ノ前さまの肩越しに、母屋の内を覗《のぞ》き込みました。

屋内には紺色の軟障《ぜじょう》が一面に巡らされ、その向こうに御帳台《みちょうだい》が置かれているのが、まるで深い水を隔てたかの如くうっすらと窺《うかが》えました。ぎゃあああッという喉も張り裂けんばかりの咆吼《ほうこう》とともに、帳台に臥《ふ》した華奢《きゃしゃ》な人影が獣《けもの》のようにのたうち回りました。真っ白な手が震えながら几帳《きちょう》の裾を摑み、台ごとそれを引き倒します。

その途端、照日ノ前さまは不意に梓弓を小脇に手挟《たばさ》まれました。きええッと化鳥《けちょう》そっくりの気合とともに弓を振り回し、御帳台で暴れる人影に末弭《うらはず》をまっすぐ据えられました。

するとどうしたことでしょう。あれほど荒れ狂っていた人影がぱたりと身動きを止め、白い手が倒れた帷《い》の裾から覗いたまま、動かなくなったではありませんか。

「もうよいぞ」

照日ノ前さまの呟きに、女房たちがどっと母屋に駆け込みました。「姫さま、お気を確かに」との声とともに御帳台から運び出されたのは、長い髪を汗ばんだ額に張り付かせた一人の若い女性でした。

青白い瞼《まぶた》を強く閉ざし、唇の端には泡をこびりつかせているものの、その面差しは白梅を思わせるほどに嫋《たお》やかでした。

このお方がきっと、源右大将さまとやらの北の方でしょう。それにしてもこれほどお美しいお人を苦しめるとは、なんとおぞましい生霊でございましょうか。

「姫、姫は無事か」

野太い喚きとともに簀子に足音が立ち、恰幅《かっぷく》のよい初老の男が眉《まゆ》を吊《つ》り上げて駆け込んで来られました。介抱を受ける姫君に目を据え、ああと呻かれました。

「まったく、我が娘はどうなってしもうたのじゃ。照日ノ前、おぬしの勧めに従って五色《ごしき》の幣《ぬさ》を四方に立て、注連《しめ》を巡らしたにもかかわらず、何の験《げん》もないではないか」

なるほど言われて改めて眺めれば、軟障の上部には真新しい注連が張られ、庭先から吹き込む風にはたはたと揺れております。

しかしながら左大臣さまと思しき御仁《ごじん》の叱責《しっせき》に、照日ノ前さまは悪びれる風もなく額の汗を拭《ぬぐ》われました。

「しかたがありませぬ。それほど、生霊の怨《うら》みの念が強うございますのじゃ」

「なんじゃと。それほどに我が娘は強く呪われておるというのか」

「おお。されど、わしも天下に名の通った照日ノ巫女《みこ》じゃ。このまま生霊の好きにはさせませぬ」

照日ノ前さまはそう仰《おっしゃ》るなり、わたくしの二の腕をぐいと摑んで引き寄せられました。

「今日は、吉野《よしの》の山中で二年の山ごもりを果たした憑坐《よりまし》を連れてまいりました。さすがの生霊も、この憑坐を前にすれば自《おの》ずと憑《つ》き、己の素性を白状するに違いありません」

「おお、それはありがたい。されどこれほどに醜い娘が、本当に選《え》りすぐりの憑坐なのか」

照日ノ前さまのお言葉に仰天する間もあらばこそ、大臣さまはつくづくとわたくしの顔を覗かれました。ですがすぐに興味を失ったご様子で、「まあ、いい。おぬしがそう申すなら、間違いなかろう」と首肯なさいました。

「では早速今宵《こよい》、梓《あずさ》の法《のり》にかけましょう」

「あ、いや。それは困る。今宵は婿である源右大将どのが、こちらにお運びなのだ」

大臣さまはいささか狼狽《ろうばい》して、照日ノ前さまのお言葉を遮られました。

「姫の今までの口走りから推すに、生霊の正体は婿どのに思いをかけておる女らしい。されば婿どのがここにおられる限りは、生霊も滅多な真似をすまい。梓の法は、明晩にせよ」

その途端、照日ノ前さまはひどくあっさりと、「さようでございましたか」と、わたくしの腕を放されました。これまでの強引さが嘘のようなそっけなさでございました。

「なるほど、確かにそれであれば、今宵は生霊も現れますまい。では今日は右大将さまがお運びになられるまで、姫さまのお側に控えましょう」

「おお、そうしてくれるか。それにしてもこれほどに姫を苦しめるとは、いったいどこの女子《おなご》であろうな」

左大臣さまが吐き捨てて踵《きびす》を返される間に、女房たちは屋内を綺麗《きれい》に浄め、再び姫君を御帳台に横たえました。

照日ノ前さまはわたくしを連れて母屋に踏み入ると、軽く片手を振って、女房たちを下がらせました。遣戸を閉ざし、御帳台に近付くや、「ご気分はいかがでございます」と姫君に話しかけられました。

姫君の瞼が小さく震えて開き、微《かす》かな声が薄い唇から漏れました。

「ありがとう、照日ノ前。今日はずいぶんいいわ」

近くで眺めれば、その肌は青白く乾き、目の下にははっきりとした隈《くま》が浮いてらっしゃいます。よほど長い間生霊に苦しめられておいでなのだ、とわたくしの胸は詰まりました。

「先ほど、誰かに首を絞められたわ。あれを追い払ってくれたのは、照日ノ前だったのね」

「さようでございます。相変わらず、しつこい生霊でございますわい。ところで本日は、憑坐を連れてまいりました。明日、梓の法を用い、ここにあの生霊を降ろしますでな」

そう、と気のない口振りで仰ってから、姫さまは再び瞼を閉ざされました。

「今は疲れているの。少し眠るわ」

よほど疲弊しておられるのか、その瞼がすっと翳《かげ》ったかと思うと、すうすうという静かな寝息を立てて、姫君は眠りに落ちられました。

照日ノ前さまはしばらくの間、その横顔を見つめてらっしゃいましたが、やがて御帳台から離れて軟障の際《きわ》にどっかと座り込み、弓を膝《ひざ》に置いて目を閉ざされました。

まるでわたくしなぞ眼中にないかのようなそのお振る舞いに、わたくしは困惑しました。ですがだからといって、一人立ち去ることは叶《かな》いません。しかたなく、身を縮こまらせるようにして照日ノ前さまの傍らに座りましたが、それから一刻……いえ、二刻ほどが経った頃でしょうか。不意に外が騒がしくなったかと思うと、遣戸が外からがらりと開きました。

「姫さま。右大将さまがお越しでございますよ」

先ほど、わたくしたちを案内してきた女房の呼びかけに、姫さまは「なんですって」と臥所《ふしど》から起き直られました。

「まだ宵には間はあれど、宮城からの戻り道、先に姫さまのお顔を見たいと仰せになり、わざわざ牛車《ぎっしゃ》をこちらに回されたのでございます。さあ、早くお召し替えを」

女房がそう告げる間にも、母屋《もや》には衣箱や櫛笥《くしげ》が次々と運び込まれてまいります。あっという間に香が焚《た》かれ、御簾《みす》が掻《か》き上げられる騒ぎに、わたくしは身の置きどころがない気分で腰を浮かせました。するとそれまで寸分たりとも身動きをなさらなかった照日ノ前さまがかっと目を見開かれ、「帰るぞ」と仰いました。

「は、はい」

渡殿に向かう照日ノ前さまの後を小走りに追えば、庭を挟んだ車寄せに豪奢《ごうしゃ》な半蔀《はじとみ》車《ぐるま》が寄せられています。折しもそこから一人の貴公子が降り立ち、出迎えられた左大臣さまと親しげに話しておられるところでした。

「あれが姫さまの婿どのじゃ。実に姿かたちの秀でたお方じゃろう」

手輿《たごし》に乗り込みざま、照日ノ前さまがふんと鼻を鳴らされました。

「まだ十五、六歳の若君の頃より、ほうぼうの姫君がたと浮名を流されたまめ男でいらしてな。この家の婿となられた後も、先の東宮のお妃《きさき》やら町方の女子やらと次々親しくなさり、ずいぶんと大臣さまを悩ませておいでとか」

「それは……姫さまも大変でございますね」

わたくしの小声の相槌《あいづち》に、照日ノ前さまはおおとうなずかれました。

「人間、美しければ不便が多いものじゃ。人はな、醜い方が楽でよい。美しい者は否応《いやおう》なしに諍《いさか》いに巻き込まれるが、醜い者は心さえ強く持っておれば、それを傍から眺めていられるでなあ」

不可解な照日ノ前さまのお言葉に、わたくしは応《こた》えに詰まりました。そうしながらも胸裏には、まるで作物《つくりもの》の花の如く美しい右大将さまのお姿が強く焼き付いて離れず、我知らず赤くなった頬をわたくしは両手で押さえました。

この日以来、わたくしは事あるごとに照日ノ前さまに連れ出され、様々な上つ方のお屋敷に伺候するようになりました。洛中《らくちゅう》のみならず、宇治や嵯峨《さが》……大きな声では申せませぬが、お名を口にするのも憚《はばか》られる尊きお方にお目通りしたこともございます。

いずれの場でも照日ノ前さまはわたくしを、長きに亘《わた》る修行を積んだ憑坐じゃと説明なさいました。さりとてそれで、何かを手伝えと命じられたことはありませぬ。

「おぬしはただ、眺めていればよい。そのうち自《おの》ずと、自らの為《な》すべき行いに気付こう」

との仰せに、わたくしは戸惑いながらも、ただうなずくしかございませんでした。

照日ノ前さまを召される方々はみな、邪神悪鬼に苦しめられ、心穏やかならぬ日々を過ごしているお方ばかりです。あの左大臣さまの姫君の如く、いずれも目の下に濃い隈を張り、目に見えぬ物の怪《け》に怯《おび》えて暮らしておられました。

照日ノ前さまはそれらの方々の前で梓弓《あずさゆみ》を鳴らし、祈禱《きとう》を行い、そして幾ばくかの謝礼を受け取って帰られます。

「おぬしがおらねば、今夜もわしは物の怪に苦しめられる。どうか今夜は夜通し、番をしていてくれ」

とすがりつかれ、夜じゅう、隣の塗籠《ぬりごめ》にわたくしとともに籠《こも》られる折もございました。

貧家に育ったわたくしからすれば、食い物にも住むところにも困らぬ上つ方が、子どもの如く怯え、頭を抱えて衾《ふすま》に潜り込むそのお姿は、滑稽《こっけい》にも奇妙にも映りました。思えば今夜の菜《さい》も来年の籾《もみ》もない暮らしに喘《あえ》いでいる父や母が、物の怪に怯えたことは一度もございません。いえ、実の父母ばかりか、あの貧しい村のいったい誰が、目に見えぬ妖異《ようい》を恐れておりましたでしょう。それよりもなお村の者たちが恐怖していたのは、稲の実りを妨げる冷たい雨であり、春の田起こしの邪魔をする残雪でございました。

そう顧みると、照日ノ前さまが「ただ眺めておれ」と仰《おっしゃ》った心持ちも分かる気がいたします。きっとあやかしというものは、身分のある御仁のみを好んで襲うのでございましょう。わたくしがその発見に改めて、己と都の上つ方とはかほどに違うものか、と考えるようになったある日の夕刻でございます。

ました。

「照日、照日はおるかッ」

照日ノ前さまのお屋敷に突如、一両の網代車《あじろぐるま》が駆け込んでまいりました。まろぶように飛び出して来た人影が、車寄せで大声を張り上げられました。

烏帽子《えぼし》は傾き、額に大粒の汗を滲《にじ》ませたそのお姿に、わたくしはえっと声を上げました。

何ということでございましょう。それは見まごうことなく、あの葵上さまの父君であらせられる左大臣さまでいらしたのです。

「姫が苦しんでおるッ。早《はよ》う助けてくれッ」

左大臣さまほどのお方が自ら牛車を仕立てて巫女《みこ》を呼びに来られるなぞ、そうそうあるものではございません。よほど姫君の具合が優れぬのだと悟られたのか、照日ノ前さまは「おう。承知いたしましたぞ」と応じられるや、秋にもかかわらず汗衫《かざみ》一枚を羽織ったなりのお姿で、梓弓を引っ摑《つか》んで左大臣さまのお車に乗り込まれました。

あわててその後に続いたわたくしが床に腰を下ろす暇もなく、牛飼が黒毛の大牛の尻《しり》を笞打《むちう》ちます。

輻《や》の軋《きし》む凄《すさ》まじい音……車の中で前後左右に揺られながら、照日ノ前さまは左大

臣さまに、

「それで、具合が悪くなられたのはいつからでございますのじゃ」

と問いかけられました。

「つい、一刻ほど前からじゃ。おぬしが前回、祈禱を行ってくれてからというもの、心なしか顔色もよく、健やかと見えておったゆえ、梓の法にかけてもらうのもそれきりとなっておったのじゃが。不意に天井の一角を睨《にら》んで、女がいるッと叫び出してな」

「女、女でございますか。確かにこの間わらわが伺った際にも、何者かがおると仰せでございましたな」

照日ノ前さまの呟《つぶや》きに、左大臣さまは険しく眉《まゆ》を寄せて、幾度も大きくうなずかれました。

「あからさまには申せぬがな。わしは婿どのがほうぼうで浮名を流されているその報いが、娘の元にやってきているのではと思うておる」

「ほう、それはどういう意味でございます」

「おぬしとて存じていよう。なにせ娘の婿どのは、都には知らぬ者のおらぬ光る源氏の君……。あれほどの美貌《びぼう》とお血筋の御仁を夫に持ち、子まで成しておる我が姫じゃ。源氏の君に懸想している女子《おなご》が生霊となって襲いかかってまいったとて、なんの不思議もなかろう」

いつしか左大臣さまの肩はぶるぶると震え出しておられます。そしてそれは、照日ノ前さまが「なるほど。それは十分に有り得る話でございますなあ」と目を光らせられるにつれ、更に激しくなられました。

「実はかように感じておるのは、なにもわし一人ではない。当の源氏の君もまた、薄々同じ推量をなさっておられるのじゃろう。今夜は内裏に宿直《とのい》でおられたが、役目を代わって下さる御仁を見つけ次第、我が家に駆けつけて来られるそうじゃ。娘を苦しめている生霊が源氏の君と懇意の女子であれば、必ずや思うお人の姿に恐れおののき、我が家から立ち去るに違いないでな」

そうこうする間にも、牛車は道行く人を撥《は》ね飛ばさんばかりの勢いで大路を駆け、左大臣家にたどり着きました。早く、早くッと急《せ》かす女房たちに先導されて、いつぞやと同じ寝間に飛び込めば、すでにあの源氏の君さまが暴れ回る葵上さまの手を握り、「しっかり、気をしっかり持つのだ」と姫君を励ましておられます。

わたくしの如き下賤《げせん》の身であればともかく、仮にも帝《みかど》のご子息ともあろうお方が、女君のご寝所にずけずけと入られることはまずございません。それだけにわたくしは姫さまに対する源氏の君のご真情に心を打たれて立ちつくしました。ですがその一方で当の姫君はと言えば、せっかくの背の君のお言葉も耳に入らぬ形相で、「苦しいッ。片手でわたしの首を絞め、片手でわが背子を奪おうとしている貴女《あなた》は——貴女はいったい誰ッ」

と髪を振り乱して叫び続けておられます。

「源氏の君、そこをおどきくだされッ」

照日ノ前さまは寸分の遠慮もなく、源氏の君の身体を押しやられました。そして姫さまのお手を両手でひしと取られ、「姫さま、照日が参りましたぞッ」とがらがら声で叫ばれました。

わたくしはその刹那《せつな》、なぜ照日ノ前さまはすぐさま梓の法をかけ、姫君をお救いせぬのだろうと思いました。ですが照日ノ前さまは梓弓を膝《ひざ》脇に置かれたまま、「もうご案じなさいますな。照日が姫君をお助け申しますぞ」と再度大喝なさってから、ようやく弓を手に取られました。

「照日——」

腹の底に響く鈍い弓の音に誘われたかのように、それまで苦しんでおられた姫君がひたと照日ノ前さまに目を当てられました。もだえていた手足がゆるやかに動きを止め、吐息に紛れるほど小さな声が血の気のない唇からこぼれました。

「あ——ああ、ありがとう。これで楽に、ようやく楽に——」

そのお言葉とは裏腹に、姫さまのお体は突如、激しく痙攣《けいれん》を始めました。双眸《そうぼう》が白目を剝《む》き、唇からだらだらと涎《よだれ》が流れ出しました。

「あ、葵上ッ」

「姫、気を確かにッ」

源氏の君さまと左大臣さまが、左右から姫君を抱きすくめんとなさいました。ですがそのときにはすでに姫君のお体は、操り棒を失った傀儡《くぐつ》の如くだらりと力を失い、ぽっかりと開いた双眸が覗《のぞ》き込む男君二人の姿を映し出すばかりとなっておりました。

照日ノ前さまは姫君の枕辺に這《は》いより、その瞼《まぶた》をゆっくりと閉ざして差し上げました。そして大きく一つ息をつき、天井を仰がれました。

「……相済みませぬ。生霊の怨念《おんねん》が、わが法を上回っておりましたわい」

「わ、わたしのせいかッ」

照日ノ前さまの呟きをかき消して、源氏の君さまが吼《ほ》えられました。

「許せ、許してくれ、葵上。わたしの妻となったばっかりに、恐ろしい生霊に命を奪われることになろうとは」

　左大臣さまは強く唇を引き結んで、そんな源氏の君を凝視しておられます。その横顔には早くも、娘を死に追いやる原因となった婿どのへの怒りが浮かび始めていました。

「わたしの、わたしの北の方はこれから先も葵上、おぬし一人だ。これから先どんな女子に会おうとも、それだけは請け合うぞッ」

「……帰るぞ」

　わたくしの肩を小突いて、照日ノ前さまが立ち上がられます。簀子《すのこ》にぎっしりと居並んだ女房衆のすすり泣きを背に、足早に車寄せに向かわれました。

　不思議なことに、網代車に乗り込んだ照日ノ前さまの横顔は、およそ調伏《ちょうぶく》に失敗したとは思えぬほどに落ちついておいででした。まさか、という思いが胸にこみ上げ、わたくしは膝の上で両手を握りしめました。

　わたくしは生まれてこの方、生霊なぞ見たことはありません。父母とて、それは同じでございましょう。そして照日ノ前さまはいつも生霊をその目でご覧になっておいでであるかのように振る舞われますが、その一方でただの田舎娘であるわたくしのことを、人には稀代《きだい》の憑坐《よりまし》じゃとお話しになられます。

もしや——もしや生霊なぞというものは、本当はこの世におらぬのではないでしょうか。そして照日ノ前さまは何もかも承知の上で、生霊がいると思いたい人の心に寄り添っておられるのでは。

先ほどの姫さまの最期のお姿が、ふと脳裏をよぎりました。照日ノ前さまに手を取られ、安堵《あんど》のお言葉を漏らしたあのお方は、もしや生霊ではなく治ることのない病に身をさいなまれておいでだったのでは。ですがただ自らが亡くなっては、世に名高いまめ男の源氏の君は、きっとすぐに姫君のことを忘れてしまわれましょう。だから何年、何十年経っても消えぬ思い出を背の君に与え、死後もなおそのお心を捕えるべく、ありもしない生霊をでっち上げ……そして照日ノ前さまはそんな姫君の思いを百も承知でいらしたのでは。

上つ方とは醜いものがお好きじゃ、と照日ノ前さまは仰せられました。醜い者は心さえ強く持っていれば、諍《いさか》いに巻き込まれずに済む、とも。

綺羅《きら》をまとい、美しく装われた上つ方たちは、そのご真意を醜い生霊に託さねば、華やかな御殿に暮らせぬのでしょう。だとすれば生霊なぞ信じず、地を這い回って生きねばならぬわが父や母とあの左大臣の姫君と、いったいどちらが幸せなのでしょうか。

「為《な》すべき行いが分かったか」

照日ノ前さまのお言葉が、がらがらという車の音とともにわたくしの耳を打ちました。

そうです。わたくしは醜うございます。だからこそ、美しく装わねば生きてゆけぬ上つ方の醜い心が分かるはず、と照日ノ前さまはお考えだったのです。

はい、とわたくしはうなずきました。

そうか、と唇だけで応じた照日ノ前さまがようやく、梓弓《あずさゆみ》の弦に手を伸ばされました。低く響くその弦音が、源氏の君のお心とともに彼岸《ひがん》に渡ろうとなさる姫君に手向《たむ》けられたかの如く、わたくしには思われました。

（角川文庫『稚児桜　能楽ものがたり』に収録）

栄花と影と

永井紗耶子

永井紗耶子（ながい・さやこ）

１９７７年神奈川県出身。慶應義塾大学文学部卒業。２０１０年、「絡繰り心中」で第11回小学館文庫小説賞を受賞し、デビュー。21年『商う狼 江戸商人杉本茂十郎』で第40回新田次郎文学賞、第10回本屋が選ぶ時代小説大賞、第３回細谷正充賞、23年『木《こ》挽町《びきちょう》のあだ討ち』で第36回山本周五郎賞、第１６９回直木賞を受賞。他の著書に『大奥づとめ よろずおつとめ申し候』『とわの文様』などがある。

寒いと思いましたら、先ほどから雪が降り始めたようでございますね。蔀戸《しとみど》が少し開いていたせいで、すっかり冷えてしまいました。

いいえ、貴方《あなた》を待っていたというよりも、ついつい物語を読んでいたものですから。ええ。あの紫式部《むらさきしきぶ》の「源氏物語」でございますよ。

こちらの火鉢においでなさいまし。

御所でのお勤めは如何《いかが》でございましたか。それにしても、今年のはじめに尾張守《おわりのかみ》の任を終えたばかりで、真《まこと》に忙《せわ》しないこと……それだけ、我が背の君が主上にも重んじられていると思えば、妻としても誇らしい思いでございます。

ええ、私にも御所から御文が届いております。数日のお暇《ひま》を頂いただけなのですが、藤壺中宮《ふじつぼのちゅうぐう》様は、

「赤染衛門《あかぞめえもん》に会いたい」

と、私を恋しがって下さっているとのこと。畏《おそ》れ多いことでございます。

何せ、私は中宮様の御母上である倫子《りんし》様に、長らくお仕えしておりますでしょう。彰子《しょうし》様が生まれた時から見ておりますから……あの小さな御姫様が今や帝《みかど》の御后《おきさき》となられていることに、しみじみと感慨深いものがございます。

近く、参内するつもりでおります。

ただ今日は別のところへ。

そんな遠くではございません。ほんの近く。そこの裏手の清少納言《せいしょうなごん》の屋敷でございます。清原元輔《きよはらのもとすけ》殿の御屋敷に今はお住まいで。近くにいると思うと、存外なかなか訪ねる機会のないもの。かつては宮中にて顔を合わせておりましたが、あちらはすっかりお役を退かれているので。

徒然《つれづれ》に昔語りなどしておりましたら、朝から夕刻までになってしまいました。お話ししていて思い出したのですが、初めてお会いしたのは十二年ほど前のことですって。それは互いに年を取ります。私も五十も過ぎますれば、すっかり髪も白くなりましたし、あちらも四十を過ぎて……でも、随分と御達者でした。相変わらず、闊達《かったつ》としておりました。

何をお話ししたかといって、それはもう、色々でございます。

かつては政《まつりごと》の都合で話せぬことも多くございました。だから、互いのことを知っているようで余り知らなかったのですね。

「ところで、背の君と夫婦《めおと》になられたのは、どうした経緯《いきさつ》でいらしたの」

などと、尋ねられるので、往生致しました。

あら、当人である貴方が忘れてしまわれたのですか。

ほら、関白《かんぱく》様の御屋敷で催された歌会に、私が倫子様のお供で参りました折、貴方の御姿を見て笑ってしまって……何が可笑《おか》しかったかって、貴方は背が高くていらっしゃるから、御簾《みす》に頭をぶつけて冠がずれていらしたのですよ。学者としては名高い御方らしいけれど、どこかぼんやりしていらっしゃるのねって。

そうしたら貴方が、

「笑われたのは何方《どなた》ですか」

と、御簾内にお尋ねになったのです。

「赤染衛門でございますよ」

意地悪な女房が告げ口したので、渋々お詫《わ》びを申し上げたところ、どういうわけか貴方から御歌をいただいたのがきっかけでした。あれは、どうしてだったのでしょう……。

嘘がつけない上に、よく笑う人だと。それが良かったのでございますか。まあ……嬉《うれ》しいような、恥ずかしいような。

確かに嘘は得手ではありません。すぐに露見してしまうので、秘めた恋には向いていないのでしょう。恋多く、美しい歌を詠む人々が多いなか、私ほど恋の少ない女もおりますまい。貴方も他所《よそ》の女人に通うことも……なくはなかったですが、一度、あったかなかったかでございましょう。お陰で私たちのことを、稀《まれ》に見る仲の良い夫婦だと人は噂するのでございます。

「赤染衛門ならぬ、匡衡衛門《まさひらえもん》」

などと、藤壺中宮様までお笑いになるほど。

他の人といても面白くないからと、さらりとおっしゃるものではありませんよ。さような言葉は言いようによっては心ときめくものでございましょうが、貴方ときたら、まるで勘定でもするような淡々とした口ぶりですこと。

まあ、こうして言いたい放題、言い合えるからこそ、夫婦として今日まで続いて来たのでございましょう。

他にも、色々と話して参りましたよ。

……ええ、亡き皇后定子《ていし》様のことも。

実は先だって、彰子様が定子様のことをお尋ねになられたのです。

「亡き皇后様は、どのような御方でいらしたのかしら」

と。他の女房たちは、言葉を濁すか、

「大した御方ではございません。中宮様の方がお美しく、輝いていらっしゃいます」

とお答えするそうです。彰子様はそういうことを聞きたいのではないとおっしゃって。

「赤染衛門は嘘がつけないから。貴女《あなた》は皇后様に御目にかかったことがあるでしょう」

真っ直ぐに私を見て言われましてね。

お美しい方でいらしたし、何よりも主上との仲睦《なかむつ》まじいことは紛れもないこと。しかし、そのようなことは、彰子様とてご存知です。恐らくは他に聞きたいことがおありなのでしょう。

そこへ折しも、清少納言からの文が届いたのです。誰よりも皇后様のおそば近くに仕えていた清少納言と話しながら、改めて考えたいと思いましてね。

登華殿

　私が初めて皇后定子様の御姿を拝見したのは、十五年前。定子様が入内《じゅだい》して半年ほど経ったころでございました。当時、中納言《ちゅうなごん》でいらした藤原道長《ふじわらのみちなが》様が、荘園から届いた柑子《こうじ》を登華殿《とうかでん》にお届けする遣いに立ったのでございます。定子様はその時、十五歳。紅菊の襲《かさね》の袿《うちき》を纏《まと》い、脇息《きょうそく》に凭《もた》れておられました。衣の紅色がよくお似合いで、華やかな顔立ちの美少女でいらした。そこへ、定子様に会いに主上が御渡りになったのです。十二歳におなりの主上は白の直衣《のうし》をお召しで、神々しく感じられました。

「中納言の贈り物とは、嬉しいね」

仰せになるお声は高く、お顔にもあどけなさがありました。定子様と並ぶ御姿は夫婦というよりも、優しい姉と明るい弟といった風情でしたが、共に笑い合う様子は見る者を明るくするようでございました。

　その後、再びお二人お揃いの御姿を見たのは、それから三年ほどが経ってからのこと。無論、定子様だけ、主上だけの御姿はしばしば拝見しておりました。しかし、御二人が揃った御姿はなかなか間近に見る機会はございません。

折しも、清少納言が登華殿で定子様にお仕えし始めた頃のことでございます。

「何でも、清原元輔の娘が大層な才媛《さいえん》で、この度、登華殿に仕えるらしい」

道長様が気にされていたのです。

丁度、良い紙が手に入ったからと、登華殿にお届けすることとなりました。道長様はそれを私に届けるように仰せになり、私は登華殿に上がることとなったのです。

「まあ、これは美しい紙ですこと」

定子様はお喜びになられました。

定子様は十八歳、それはもう輝くばかりにお美しくていらっしゃいました。父君であられる藤原道隆《みちたか》様は、道長様の兄君。お二人の面差しはよく似ておられますが、道隆様の方が少し雄々しい風情がございます。お二人ともに鼻筋がすっと通っていらっしゃるのが、凜々《りり》しく感じられるのですが、その凜《りん》としたところが定子様にもありました。そして、母君である高階貴子《たかしなのきし》様は、元々、宮中に仕えていらした内侍《ないし》で、当時から美貌《びぼう》と共に才媛であるとも言われておりました。涼やかな目元や、透きとおるように艶《つや》やかな肌は、母君から譲り受けたのでしょう。

このように美しい御方がいるのか……と、思わず見とれるようでございました。

定子様は、ふふふ、と微笑みながら紙を眺めておられます。

「かように美しい紙ですから、皆が楽しめる面白いものを書かねば。のう、清少納言」

声を掛けられ、几帳《きちょう》の陰から顔を覗《のぞ》かせたのは、額の広い三十歳ほどの女房でした。

それが、初めて会った時の清少納言です。

私に会釈をしつつ、几帳の裏から定子様の前に出てきます。

「そなたは、美しい紙が好きでしょう」

「それはそうでございますが、先に内大臣《ないだいじん》様から賜りましたばかりでございます」

その頃、定子様の兄、伊周《これちか》様が内大臣になられていました。

「ええ、それに書いてくれた草紙が大層面白かったから。他にも色々と読みたいの。そしてそれを、中納言にもお見せしたいわ」

すると、清少納言は大仰に狼狽《うろた》えました。

「いや、それはいけません中宮様、いけません」

登華殿の中は、ほほほ、と明るい笑い声に包まれるのです。私一人が、何のことか分からずにいると、定子様は微笑まれました。

「ここにおります清少納言は、先だっての白馬節会《あおうまのせちえ》の折に中納言を見かけてね。あの当代一の貴公子を拝見できただけで、宮中に来た甲斐《かい》がございましたと言うのよ」

どうやら清少納言は中納言である道長様を大層贔屓《ひいき》しているようでした。すると他の女房たちも笑います。

「そうそう。伊周様が私よりも中納言がいいのかいとおっしゃって」

「関白様まで、我が弟ながら妬《や》けるなどと揶揄《からか》われて」

散々言われた少納言は、顔を真っ赤にして、

「おやめくださいまし」

と、照れています。

してみると、清少納言という人は、才媛と名高いのですが、すまし顔の利発な人というよりも、屈託なく皆に愛される気さくな人といった印象でした。そして同時に伊周様から賜った貴重な紙も、この少納言が使うことを局《つぼね》の者が誰一人咎《とが》めない。それほどに、この者が文才に優れているということもよく分かったのです。

その時、

「やあ、随分と楽しそうですね」

主上が姿を見せられました。

宮中の行事などで遠目に御姿を拝することはありますが、あまり龍顔《りようがん》をまじまじと見るのは無礼なこと。秘《ひそ》かに御姿を垣間見《かいまみ》る程度です。こうして間近で見るのは、かつて登華殿に御渡りになった時以来。その当時は、ほんの少年でいらした。しかし、今はもう十五歳におなりになり、背も伸び、声も低くなられています。

「まあ主上、先ぶれもなくいらっしゃるから、皆が驚いております」

定子様が立ち上がり、主上を迎えられました。

「おや、貴女に逢《あ》いたくて気が急《せ》いて、先ぶれを追い越して来てしまったようだ」

ははは、と笑う声に合わせて、女房たちも楽しそうに笑います。

御二人が並ぶ姿を見ると、主上の背は定子様を追い抜いておられました。そして、主上の眼差《まなざ》しは、慕わしい姉を見るものではなく、恋しい女人を見るものになっていると、傍《はた》から見ても分かるほどに柔らかい。定子様もまた、可愛い弟を見るものではなく、愛《いと》しい人を見る温かい眼差しに変わっていました。

何と美しい御二人であろうと、思わず嘆息するほどでございました。

「今、赤染衛門が、中納言からの贈り物に、紙を届けてくれたのです」

すると主上はすっと私の前に参られました。

「聞いておりますよ、匡衡衛門。貴女の背の君が、先の内宴でつくられた『賦花色与春来』の詩は、実に素晴らしかった。あの人の作文を私もぜひ、学びたいと思っています」

思いがけず、匡衡様のことをお褒めいただき、私はもうそれだけで心が躍りました。すると、定子様もまた主上の傍らに寄られます。

「主上がおっしゃっていたあの詩でございますね。素晴らしゅうございました。少納言も、何度も書き写したと言っていましたね」

清少納言が、はい、と答えました。

それから私はどう登華殿を退出したのか、よく覚えていないほど。足元がふわふわと雲を踏んでいるような心地だったのですよ。

主上も定子様も、私のような者にまで心配りをして下さる。だからこそ、御身の尊さを改めて感じるものでございますね。

その後、道長様には、

「登華殿は如何《いかが》であった」

と、問われました。

「主上が御渡りになり、それはもう、楽しそうでございました」

と、ありのままにお伝えしたばかりに、道長様が苦い顔をなさったのを覚えております。

道長様は、その頃にはもう主上の許《もと》に、一の姫である彰子様を入内《じゅだい》させる心づもりでいらっしゃいました。ただ、彰子様はその時まだ七つ。それに、主上と定子様の仲も好《よ》く、定子様の父君である関白道隆様の権勢が強い時です。間違っても、姫の入内のことなど、口の端《は》に上らせることさえ憚《はばか》られます。

「いずれにせよ、彰子が入内するのは先になりそうか……」

苦々しくおっしゃいました。その時、傍らにいらした倫子様は、不安そうでした。

道長様が御部屋を出て行かれた後、倫子様と二人になると、深いため息をつかれたのです。

「あの方は、野心家でいらっしゃる」

かく言う倫子様もまた、父君である左大臣《さだいじん》源 雅信《みなもとのまさのぶ》様に、后《きさき》となるよう育てられて参りました。今上帝《きんじょうてい》と年が釣り合わず、仕方なく諦《あきら》められたのです。しかし、

「つまらぬ男の妻にはできぬ」

と、側仕えの者たちにもくれぐれも注意を呼びかけられていました。結果、倫子様はなかなか良縁に恵まれず、二十四歳になられた時。

「御歌を返したいのですけど……」

私に歌のご相談をして下さったのです。そのお相手が、当時、摂政《せっしょう》として権勢をふるっていらした藤原兼家《かねいえ》様の御子息、道長様でした。

「あれは長男ではない故、氏《うじ》の長者《ちょうじゃ》にはなれぬ」

雅信様は不服そうでしたが、それでも宮中で道長様にお会いし、その人品を見極め、

「まあ、良い」

と、お許しになったのです。

道長様は確かに、父君の後を継ぐことはありませんでした。しかし、関白となられた兄君、道隆様の弟として、今も着々と立場を固めておられます。

倫子様が言うように、野心家でもありますが、それも無理からぬほど、人望も厚く、秀でていらっしゃいました。

「今日、訪ねました登華殿では、清少納言という女房が、道長様は当代一の貴公子だとすっかり惚《ほ》れこんでおりましたよ。私も、殿が褒められて誇らしく思いました」

私がそう申し上げても、倫子様はむしろ困ったように眉《まゆ》を寄せていらっしゃいます。

「私なぞからすれば、十分に出世なさっていると思うのです。しかし殿は、もっと

もっと……とおおせになります」

甥《おい》である伊周様が、道長様を飛び越えて内大臣の位に就かれたことが、このところの道長様の焦りを増しているようでございました。

「穏やかな日々が続けば、それで良いのに」

倫子様は生来、おっとりとした姫様でした。故にこそ、夫の道長様の血気盛んな様に、戸惑っているように感じられました。

「大事ございませんよ」

私はそうお答えし、倫子様を慰めました。

しかし同時に、登華殿の華やかさの裏で、静かに深く、謀略が巡っているようで、空恐ろしいと思ったのです。

政変

あの頃のこと……長徳《ちょうとく》の頃のことを覚えておられますか。

私は、ただただ悲しい報《しら》せばかりを耳にして、何だかひどく疲れていました。

貴方《あなた》も、大層、草臥《くたび》れておられましたね。

流行《はや》り病で関白道隆様が倒れられ、主上に関白を辞する上表を貴方が代筆なさった。それから間もなくして亡くなられた。そして、疫病を鎮めるための仁王会《にんのうえ》の呪《じゅ》願文《がんもん》も貴方が書いていらした。その頃の貴方はひどく張り詰めたお顔をなさっていましたし、私は子らが病に罹《かか》らぬように気を配ることに精一杯。

そうしている間に、政では次々に変事が起きていました。

道隆様亡き後、弟の道兼《みちかね》様が氏の長者となり、関白を引き継ぎましたが、その道兼様もすぐに病に倒れ、儚《はかな》くなってしまわれた。次の関白を何方《どなた》にするか。道隆様の長子である伊周様か、弟である道長様かで、宮中は二つに割れてしまいました。

確かに伊周様は関白様の長子で、中宮定子様の兄君。それに既に内大臣という御《み》位《くらい》に就いておられます。しかしこれまで道隆様の御威光の下にいたことから、しばしば傲慢《ごうまん》な態度があり、宮中では伊周様のことを疎んじる者も少なくありませんでした。

一方の道長様は、位こそ大納言《だいなごん》でございますが、関白の弟として兄の政を支え、一方で前の左大臣の婿としての地位もあります。気配りの人でもあったので、宮中での人望も厚い。

叔父甥《おじおい》の関係ではありますが、伊周様は二十二歳、道長様は三十歳と、年の差は

かり。

都のそここで小声で囁《ささや》き交わされるのは、いずれの派閥が優勢かといった話ば

「どちらに付くべきか……」

大きくありません。

主上は、定子様の御為にも、後ろ盾が必要だとお考えになり、兄である伊周様を関白に就けたいとお望みでした。しかし、主上の母君である東三条院詮子《ひがしさんじょういんせんし》様は、道長様こそ相応《ふさわ》しいとお考えのご様子。

「たとえ帝《みかど》とて、唯《ただ》一人で至高の御位を保つことは敵《かな》わぬ。その上で、関白には人望こそが要《かなめ》である」

女院《にょいん》様の仰せは至極御尤《ごもっと》もでございます。

私は、倫子様にお仕えしている身でございますれば、道長様が関白になっていただきたいという思いはございます。しかし一方で、匡衡様は亡き道隆様とも近しく、中関白家《なかのかんぱくけ》の皆々様からお役目を頂くことも多くございました。

「匡衡殿は内大臣に可愛がられておられますから、赤染衛門はあちらをご贔屓《ひいき》か」

他の女房から嫌みを言われることもありました。すると、道長様はそれを察して私に別のお役目を下さいました。

「登華殿の様子を見て来てくれぬか」

私は宮中に上がり、登華殿へ足を運びました。

間者というほどの器用なことができるわけではありません。何となく、登華殿がどんな様子か見て、道長様にお報せするのが務めであろうと思ったのです。

「清少納言様はおられますか」

廊下から、御簾《みす》内に声を掛けます。

初めて会ってから二年近く、少納言と私はすっかり近しくなっていました。

清少納言は、噂に違《たが》わず、実に博識でした。白居易《はくきょい》の詩はもちろん、日本紀《にほんぎ》、漢書に史書の類《たぐい》まで読んでおり、一つ話題をふればいつまでもどこまでも話が広がるのです。

「衛門様とお話しするのは本当に楽しい」

少納言はいつもそう言ってくれました。

「宮中に上がれば、同じように書を読んでいる人がいるはずだと思ったのです。しかし存外、噂話の方がお好きな方が多い。どちらの女房と公達《きんだち》が恋仲か、どんな御歌が交わされたか……と、そんな話ばかりではつまらないのです」

少納言はそう言いますが、その少納言の所には、藤原実方《さねかた》や藤原行成《ゆきなり》、藤原斉信《ただのぶ》などといった、今を時めく帝の寵臣《ちょうしん》たちが訪ねていると噂になっておりました。

「貴女《あなた》も恋を楽しまれているのでは」

すると、少納言は屈託なく笑うのです。

「いいえ、私はただ、あの方々とお話を楽しんでいるのです。才長《た》けた方と話すのは、本当に楽しいこと。それに恋には終わりがあるけれど、友に終わりはないでしょう」

確かに、女人同士とはまた違う、政や書の話ができるのは楽しいものです。

「貴女の背の君にも、詩を教えていただきたいのですが」

そうおっしゃるので、幾度か少納言の詩文を、貴方にお渡ししたことがありましたね。ええ、貴方は容赦なく添削していらした。

「手厳しい師匠ですこと」

と、苦い顔をしながらも、少納言は楽しそうでした。なかなか見込みがあると、貴方もおっしゃっていた。一方で、あの方は歌が苦手だとも言っていました。

そんな風に交友を深めていたので、私も登華殿を訪ねる度に、清少納言に声を掛けていたのです。

その時も、御簾越しに声を掛けると、

「どうぞ、こちらへ」

と、局《つぼね》に招き入れて下さいました。そして、いつになく周りの様子を窺《うかが》うような素振りを見せるのです。

「どうなさったの」

するとと少納言は苦笑しました。

「私を、裏切り者だとおっしゃる方がいるのです」

なんでも、予《かね》て道長様贔屓であった少納言のことを責める者がいるのだという。

「無論、中宮様はそのようなことをおっしゃいません。気にしなくて良い、清少納言は私に一途《いちず》に仕えているからと、優しくおっしゃって下さいます。道長様に直《じか》に言えぬ鬱憤《うっぷん》を、私にぶつけているだけなのだと、分かっているのですが……」

どうにも居た堪《たま》れない思いがあるのだろう。

「実際、貴女はどうお思いなのかしら」

これは、聞いてはいけないことかもしれないけれど、少納言はいずれが関白に相応しいと考えているのか気になったのです。少納言は、暫《しば》し黙り、口を引き結びました。

「いずれも、この宮中に欠くことのできぬ方々。こうして対立してしまうことが、悲しいことです」

少納言は周りをよく見ている人でした。その少納言にとって道長様は、

「賢く、優雅でありながら誇り高い。堂々とした威厳をお持ちの方」

と、高く評価していました。一方の伊周様については、

「雅《みやび》やかで華やかな貴公子。妹思いでお優しい方」

と、評していました。その政の手腕については、言及したことはありません。

敏《さと》い清少納言にしてみれば、今の宮中の混乱を治めるためには、伊周様ではなく、道長様の御力が要ると思っているのでしょう。それが端々に滲《にじ》むからこそ、登華殿で居場所を失っているのかもしれないと思ったのです。

匡衡様もおっしゃっていたでしょう。

「伊周様が関白になられたら、政は乱れる」

と。私もそう思いましたもの。

そして案の定、あの事件が起きました。

伊周様が、太政大臣《だいじょうだいじん》の三の姫を訪ねた時。同じ屋敷に忍び込む男の影を見つけて、矢で射かけてしまった。それが、二の姫に忍んでいらした先の帝、花山院《かざんいん》であった……という。

「院であらせられるとは存じ上げなかった」

と、伊周様はおっしゃったとか。しかし政が乱れている時に、不用意に人に矢を射かけるなど浅慮の極み。そこに驕慢《きょうまん》さが表れていると言えましょう。

伊周様を関白に推したいと思っていらした主上も、これには流石に口を閉ざされた。そして、伊周様は弟の隆家《たかいえ》様と共に左遷の憂き目を見ることとなってしまいました。

父である関白様が亡くなられ、兄弟は遠く左遷され、その上、母である高階貴子様も病に倒れられた。あの頃の定子様はどれほど心細くいらしたでしょう。

そんな時、定子様がご懐妊との知らせが宮中を駆け巡りました。

関白様が生きていらしたらどれほど華やいだことだったでしょう。しかし、その時は最早《もはや》、中関白家は没落の途上にありました。

それでも、主上にとっては初めての御子。

道長様は穏やかならざるご様子でした。

「一刻も早く、他にも女御《にょうご》を入内《じゅだい》させねばならぬ」

伊周様たちの失脚により氏の長者となった道長様は、彰子様を入内させて、いずれは帝の外戚《がいせき》として権勢を揮《ふる》う御心積もりでした。その為には、定子様が皇子《みこ》を産み参らせ、東宮《とうぐう》となることだけは避けたかったのでしょう。急ぎ、名だたる公卿《くぎょう》に声をかけ、姫君の入内を推し進めました。そして、弘徽殿《こきでん》と承香殿《しょうきょうでん》に相次いで女御が入ったのです。

宮中は華やぎを増した……というよりも、より一層、剣呑《けんのん》な気配ばかりが漂います。様子を窺おうと登華殿に向かっておりますと、廊下で登華殿の女房の一人と行き会いました。扇越しにこちらをちらりと見やり、ふん、と鼻息も荒く目を逸《そ》らします。

「赤染衛門様でしたか。清少納言でしたら、里下がり致しましたよ」

私と少納言が親しいことを知っているようでした。

「何かございましたか」

私が問うと、さあ、と大仰に首を傾げます。

「中宮様に対し奉り恥ずかしいのでございましょう。敵の局の方々と親しくしていたのですから」

そして、一睨《ひとにら》みして裳裾《もすそ》を引きずりながら去って行かれました。

敵の局……と言われると、大仰に聞こえます。しかし、当時の宮中は、まるで戦にも似た張り詰めた空気があったのです。

「清少納言は、去られたのですね……」

この不穏な中に身を置いているよりも、いっそその方がいいのかもしれない。私もそんな思いでいましたが、匡衡様も同じでいらした。

「尾張守か越前守《えちぜんのかみ》にでもなって、一度、都を離れてみたい」

とおっしゃって。貴方《あなた》も、苦しいお立場でいらしたのでしょうね。日ごろ、余り多くを話さないし、表情も少ない方だけれど、あの頃は明らかに疲れていらした。元より、誰かに媚《こ》びるなど出来ない方ですし、争いに乗じて出世を企《たくら》むほど悪知恵も働かない、愚直な人ですから。

私も、貴方が何処かへ赴任なさるなら、一緒について行くつもりでした。宮仕えは好きでしたし、倫子様も彰子様も大切ではありましたが、貴方を一人で行かせるつもりはありませんでした。

しかし、なかなか聞き届けてもらえず……。

そうしている間に、定子様の最初の御子様がお生まれになりました。

「皇女《ひめみこ》であらせられた」

その一報を受けた時、私も貴方も、

「良かった」

と、思わず言ったのを覚えております。

天下泰平を願うならば、皇子の御誕生こそが喜ばしいものです。しかし政局を見ると、ここで定子様が皇子を産み参らせれば、更に対立は激しくなったでしょう。皇女なれば争いの種にはならない。

その上、定子様は出家をお望みになっているとの話も聞こえて参りました。

「無理からぬこと」

と、貴方もおっしゃっていましたね。

最早、後ろ盾のない定子様にとって、宮中は居心地が良いとは言えません。その上、弘徽殿、承香殿と相次いで女御が入られた。いずれは道長様の彰子様も入内されるとなれば、主上の御寵愛《ちょうあい》だけを頼みに生きていくのは苦しいこと。お生まれになった皇女様を守るためにも、出家なさるのがよろしいと。

しかし主上の定子様への御寵愛は、私どもが思い描くよりも遥《はる》かに深かった。出家は断じて許さぬと強い口ぶりでいらしたとのこと。御心弱くなられていた定子様が、手ずから髪を切ったという話が聞こえて来た時には、お怒りを露《あら》わになさったとか。

それでも主上に是が非でもと乞《こ》われ、定子様は後宮《こうきゅう》の外にある職《しき》の御曹司《みぞうし》に入ら

れました。大臣たちの中には、

「一度は出家をした者を呼び戻すとは」

と、おっしゃる人もありました。

常ならばそれを強く止めるはずの母君、東三条院様は、何もおっしゃいませんでした。主上が政のために涙を呑《の》んで伊周様を左遷なさったこと、道長様を関白にしたことをご存知だからでしょう。主上との仲をこれ以上、拗《こじ》らせたくないとも思われたのですね。

「戻られたとはいえ職の御曹司。清涼殿《せいりょうでん》からは遠い。弘徽殿や承香殿に立ち寄ることも増えるだろう」

大方の公卿たちはそう思っていました。しかし主上はより一層、定子様への思いが深くなられたご様子。後宮の御殿を素通りして、定子様の許《もと》へ足しげく通われるようになりました。

その頃でしたね。貴方が宮中で出回っていると言って草紙を持って帰られた。

「職の御曹司の西面の立蔀《たてじとみ》のもとにて、頭《とう》の辨《べん》、物をいと久しういひ立ち給《たま》へれば……」

そこには、主上の寵臣《ちょうしん》である頭の弁、藤原行成様が、職の御曹司を訪ねて来られ

た話が書かれていました。その楽し気な書きぶりを見て、

「清少納言が戻ったのですね」

と、分かりました。

長く、里下がりをしていた清少納言ですが、職の御曹司に戻られた定子様が、

「やはり清少納言がいないと寂しくていけません」

と仰せになり、清少納言も出仕を決めたとか。

再び出回り始めた清少納言の「枕草子」には、かつてのように日々のさり気ないことが記されています。しかし宮中の人々にとって、定子様の近況は最も知りたいことでもありました。

「中宮様はさぞや零落を嘆いておられるはず」

「皇女様は無事にお育ちなのか」

「主上の御寵愛は、流石に中宮様から離れたのではないか」

向けられる好奇の目に応《こた》えるように、清少納言は書き綴《つづ》るのです。

「主上がおいでになり、中宮様と仲睦《なかむつ》まじく、私ども女房を揶揄《からか》われたのですよ」

かつての登華殿の時と変わらぬ、明るい笑い声が響くような局《つぼね》の様子。そこに今を時めく公達《きんだち》が足しげく通い、機知に富んだ会話を楽しむ。時には漢詩や歌を交わ

す。

「しかしこれでは、中宮様の御髪《おぐし》が今、どうなっているのか分からない」

「皇女様のご様子が分からない」

そんな声もありましたが、清少納言は気にすることなく楽し気に書き続けるのです。

「これは、大したものだ」

匡衡様は、しきりに感心しておられましたね。

無論、文章も手蹟《て》も大したものでございます。しかしそれよりも、貴方が感心なさっていたことに、私は改めて感じ入りました。

「何を書かないかを決めていることにこそ、意味がある」

そう。少納言は、皇女様のことを書かない。政に纏《まつ》わる伊周様や道長様のことを書かない。そして、定子様の苦悩を書かない。明るく微笑みながら、主上の寵愛を受ける眩《まばゆ》い中宮としての定子様の御姿のほか、書かないのです。

「無論、これは定子様の御意向を汲《く》んでのことであろう。定子様は、皇女様や御身が政に巻き込まれるのを望んでおられない」

さもありなんと思ったものです。そして貴方はしみじみと読んでから、深く吐息なさった。

「私は清少納言という人の才を侮っていた。史書や漢書、漢詩に通じていると言っても、ただよく知っているだけだと思っていた。しかし違うな。この人は政というものを分かっている。その上で、中宮様の傍らで共に戦う覚悟を決めているのだろう」

ああ、きっとそうなのだろう。

「御覧なさいまし。中宮様の周りは何一つ変わっていない」

そう言って、紙と筆だけで、果敢に政の渦中で戦う清少納言の姿が、はっきりと見えて来た気がしました。

入　内

彰子様の入内《じゅだい》が決まったのは、彰子様が十二歳におなりになった時のこと。

「もう少し時があれば……」

倫子様は、母心として不安を覚えておられるご様子でした。しかし道長様にとっては、

「今をおいて他にない」

とのこと。理由は、定子様が再び懐妊なさったからでした。

主上の御寵愛は、「枕草子」が書く通り、変わらず定子様に一途《いちず》に注がれているようでした。

「これで皇子《みこ》が生まれたら、いよいよ困る」

それが道長様の本音でした。

他の女御たちであればいざ知らず、仮にも先の関白の娘で、紛《まご》うかたなき「中宮」の位にいるのです。中宮が産んだ「一宮《いちのみや》」たる皇子の誕生は、即ち「東宮」になり得るのです。

道長様はそうなる前に、彰子様を後宮に入れたいと強く望まれました。一方の主上は、

「左大臣の姫の入内は、中宮が無事に身二つになってからにして欲しい」

と内々に仰せになったとか。しかし道長様はそれを良しとはなさらなかった。

「それではこの道長とて主上をお支えすることができません。さすれば中宮様、皇女様、これから生まれて来られる御子様の御為に尽くすこともままなりません」

絶大な力を持つ左大臣たる藤原道長にそう言われたら、帝《みかど》といえども逆らうこと

は難しい。主上は、定子様と御子様たちを守るためにも、彰子様の入内を受け入れたそうでございます。

「帝とて、一人で政はできぬ」

道長様が不敵な笑みと共に呟《つぶや》く様を見てしまい、私は複雑な想いを抱いておりました。

私は倫子様が大切ですし、その愛娘《まなむすめ》である彰子様の幸せを誰よりも祈っております。至高の御位《みくらい》である主上の后《きさき》となることは、真《まこと》に光栄なこと。そう思えばこそ、力になりたいと切に願ってまいりました。

しかし、主上は彰子様の入内を望んでおられない。道長様が力尽《ちからづ》くで話を進めておられる。それが果たして、彰子様にとっての幸いとなりえるのかと、不安を覚えておりました。

そしてそれは、倫子様にとっても同じでした。

「殿にとっては、政なのでしょう。されど私にとっては愛《いと》しい娘。主上に望まれぬまま後宮に入ることになろうとは……」

彰子様はこれまで、何不自由なくお暮らしでいらした。多くの女房にかしずかれ、詩文も琴も存分に学び、可愛らしくお育ちです。ただご苦労のない分、年よりも幼く感じられるほどあどけなくていらっしゃる。人の心の裏を読むことなどなく真っ直ぐに受け止められる。

謀《はかりごと》が渦巻く宮中に入られるには、些《いささ》か頼りなく感じるほどです。

「そなただけが頼りじゃ。傍で支えておくれ」

倫子様は私の手を取って、祈るようにおっしゃいます。

入内の為の御支度は、それは見事なものでした。当代一の職人による調度や美しい衣の数々は、姫のみならず、女房たちにも誂《あつら》えられました。

「さ、姫様」

藤壺の最奥に屏風《びょうぶ》を立て、そこに彰子様を導きます。彰子様が座ると、さながらはじめからそこが居場所であったように、場に馴染《なじ》んでいらっしゃる。

「今日よりは、藤壺の主《あるじ》でいらっしゃる」

私が申しあげると、嬉《うれ》しそうに微笑まれました。

「幼い頃より、主上にお仕えするようにと、父上から言われて育って参りました。こうして藤壺に参れたことを嬉しく思います」

明るいお声とお顔を見ていると、後宮に漂う不穏な気配も吹き飛ぶようでした。

それから六日後。

主上から宣旨《せんじ》が下り、彰子様は正式に「藤壺女御」になられました。

「これはこれは、真におめでとうございます」

次から次へ、多くの大臣《おとど》や公達《きんだち》がお祝いに駆け付けられました。私はその対応に追われていたのですが、ふと、いらした公達がどうも落ち着かぬご様子なのが気になりました。それが、一人、二人ならともかく、何人も……。

御簾《みす》越しに聞き耳を立てていると、こんな話し声が聞こえました。

「それにしても、左大臣様もお人が悪い。何も今日でなくとも……」

「いやいや、これで敵味方を分けようとお思いなのでしょう。こちらに先に来るかどうか」

「この後、あちらに参られますか」

「それはもう……何せ、皇子様がお生まれなのですから」

思わず、

「え」

と、声を出してしまいました。先方も驚かれた様子で、

「何処の女房かな」

と、問われました。赤染衛門と名乗れば、却《かえ》って警戒されると思ったので、

「はい、新参でございます」

と、咄嗟《とつさ》に嘘をつきました。すると、その方々は顔を見合わせ、声を潜めます。

「実は、平生昌《たいらのなりまさ》邸にて、中宮様が皇子様を産み参らせたのです」

と言うと、

「まあ、おめでたいこと……」

「お静かに」

と、窘《たしな》められます。

「左大臣様はそれがお気に召さぬご様子。中宮様が無事に身二つになられたのなら、今日、藤壺に宣旨を下されますようにと、主上にお願い申し上げたそうな。主上はお生まれになられた皇子様の為にも、左大臣様の顔を立てるしかない。我らも主上の御為には皇子様のご誕生を寿《ことほ》ぎたいところだが……とりあえずこちらに先に参ったのですよ」

やれやれ、と、吐息をつかれました。

「それでも、中宮様の産み参らせた一宮様。これから先、他の女御様に皇子様がお生まれになるとは限らぬからには」

「真に右に左に気になることばかり……」

そう言って去って行かれました。

恐らくは、あちこちで似たような会話はあったのでしょう。その日が終わる頃には女房達の大半が、定子様に皇子様がお生まれになったことを知っており、道長様が、敢《あ》えてその日に宣旨をぶつけたことも存じておりました。

藤壺女御となられた彰子様は、政のことはご存知ありません。

「まあ、中宮様に皇子様がお生まれになったのですか。それは喜ばしいこと。主上にお祝いを申し上げたいです」

屈託なく喜んでおられます。

果たして、このまま何もご存知なくて良いのか。或《ある》いは、諸々《もろもろ》の事情をお伝えするべきなのか。私は迷いました。しかし、姫のお顔を曇らせたくないという思いもあり、何も言うことができませんでした。

ほどなくして、定子様は皇子様と共に職の御曹司にお戻りになりました。主上はすぐさま御曹司に御渡りになり、定子様との再会を喜んでいらしたそうです。

「藤壺に御渡りはないのか」

道長様はおっしゃいます。

「御渡りはございます」

私は辛うじてそうお答えします。

確かに御渡りになり、共に御寝遊ばしますが、その実は添い寝をしておられるだけなのは、局《つぼね》の者は皆、存じております。

「藤壺は未《ま》だ幼い方だから」

主上は優しい微笑みと共におっしゃいます。そして、彰子様も優しい兄上のような主上にとても懐いておられます。それはそれで、幸せな光景に私には見えるのです。

「早く皇子《みこ》を」

道長様だけが空回りしているようにも見えるのです。それが叶《かな》わぬと知った道長様が次に手を打ったのは、

「藤壺女御を、中宮にする」

ということでした。

既に定子様が中宮になられているのに、そのような前例はありません。仮にも皇子、皇女と二人の御子がある方を、たとえ兄弟が零落したからとて、御位を下げることは許されません。

「中宮を皇后に格上げすればよい」

異例のことが推し進められました。

かくして彰子様は「藤壺中宮」に。定子様は「皇后」に。呼称が変わっただけではありますが、これで彰子様も「后《きさき》」に当たることになります。定子様の御子である一宮が東宮になることを阻むための布石であることは、誰の目にも明らかでした。

彰子様は、これが異例のことであるとはお気づきではありません。誰もそのことをお伝えしないのですから当然です。

「中宮様は、皇后様におなりになられたのですね」

言葉通りに、定子様の御位が上がったのだと信じておられるようでした。

他の者たちにしてみれば、本来、唯一の后たる定子様が、彰子様によって追い落とされたと思っていました。

「さぞや、職の御曹司は嘆いていることであろう……」

そう思われた時。再び、「枕草子」が出回りました。

「翁丸《おきなまろ》という犬が、主上の飼っている命婦《みょうぶ》のおとどという猫を脅かして叱られた」

という、他愛のない出来事が綴《つづ》られています。

そこには、此度《こたび》の「后」の御位に関する話もなければ、一宮である皇子、敦康《あつやす》親王についても書かれていません。

ただ、主上が自ら可愛がっている猫を連れて職の御曹司をお訪ねになり、定子様の傍らで寛《くつろ》ぎつつ、女房たちと談笑していることだけが伝わります。

私は何度も読みました。書かれたことの外側に目を凝らすように、幾度も文字を追いました。清少納言の躍るような手蹟《て》と、文の全体から伝わる明るい気配。微《かす》かな光を更に増すために、互いに笑い合うことを決めた、主上と定子様や局の女房たちのしなやかな強さ。

私は、他愛ない翁丸の話を読みながら、何故かほろほろと涙が零《こぼ》れて参りました。書かぬことに意味があると、匡衡様はおっしゃった。その通りなのでしょう。定子様は、皇女様のことも、皇子様のことも、ここに書くことを望んでいらっしゃらない。ここにいるのは、ただ、仲睦《なかむつ》まじく暮らす夫婦《めおと》の姿なのです。それが偶々《たまたま》、帝《みかど》と中宮というだけのこと。

もしも、関白道隆様が今少し長く生きて下さっていたのなら、さぞや安泰な御代《みよ》でしたでしょう。主上は穏やかでお優しく、定子様も御心がこまやかでいらっしゃる。静かで穏やかな日々が続いたことでしょう。

しかし今、それが失われたとて、二人の仲までも粉々に砕けることはない。

彰子様の御立場を想えば、苦いものもございます。倫子様の御立場を考えれば、左大臣道長様の弥栄《いやさか》を願いもしましょう。

「それでも……どうか、御二人がお幸せであってほしい」

矛盾に満ちた思いが、渦巻くのです。

ほどなくして再び、定子様がご懐妊なさいました。

「それはおめでたいこと」

彰子様は、素直にお喜びになりました。案じて参内した倫子様は、彰子様の明るいご様子に安堵《あんど》しつつ、隠れてため息をつかれます。

「今はただ、主上を兄君の如く慕っているのでしょう。しかしいずれ殿方として慕う日が来れば……苦悩するでしょう」

至高の「后」という位にありながら、夫たる帝に蔑《ないがし》ろにされる慙愧《ざんき》は、市井の女のそれよりも辛《つら》いかもしれない。

倫子様は、唇を噛《か》みしめておられました。

そして定子様もまた、苦しい御立場でした。

后がお産の為に宮中を出るとなれば、「行啓《ぎょうけい》」として多くの随臣が供をするものです。しかし皆、道長様の顔色を窺《うかが》い、名乗り出る者がいませんでした。安産の為に高僧に祈禱《きとう》を願ったのですが、それもわずかな僧が集まっただけ。里下がりしている平生昌邸には、毎日のように主上から遣いや贈り物が届き、兄の伊周様や弟の隆家様も訪ねて来られたそうですが、さぞや不安でいらしたことでしょう。

月満ちてお生まれになったのは、皇女《ひめみこ》、女二宮様でございました。

「皇女様でしたか」

私は藤壺で報《しら》せを聞きました。ほっと、安堵したのも束の間、次いで届いた報せに愕然《がくぜん》と致しました。

「皇后薨去《こうきょ》」

皇女を産み参らせた後、祈禱の声が響く中、定子様は息を引き取られたということでした。

藤壺に居合わせた女房たちは、互いに顔を見合わせ、絶句しておりました。

皆、主上の足が職の御曹司ではなく、藤壺に向かうようにと、日々、祈っていた者ばかりです。それは決して定子様を呪うようなものではなかったはず。しかし、こうして定子様が儚《はかな》くなられたと聞くと、何やら己のせいであったのではないかと、不安を覚える者もありました。

「私はただ、中宮様の御為に、主上の御心が皇后様から離れればいいと思って……」

先だって祈禱を受けたという年若い女房は、泣かんばかりに言い募ります。似たような願掛けをした者は他にもいたのでしょう。

「呪詛《じゅそ》があったに違いない」

伊周様なぞは、お怒りになっていたそうですが、確かな証《あかし》は何一つありませんでした。

中関白家の栄光と没落の中、それでも光であろうと努めて来た気高い女人が消えてしまった。それは、宮中全体に暗い影を落とし、主上は清涼殿に籠《こも》ったまま、誰に会うことも拒んでおられました。

「正に主上にとって一の人であられた」

誰ともなく、定子様のことをそうおっしゃいました。

彰子様も主上の御心を想い、

「さぞやお辛いことと存じます」

と、おっしゃっていました。

道長様はというと、既に次のことをお考えでした。

「皇后様に仕えていた女房たちを藤壺に招こう。衛門よ、清少納言に声を掛けてくれないか」

私におっしゃいます。確かに、局の主《あるじ》の亡き後、他の局に移ることは珍しくありません。とりわけ優れた女房ともなると、取り合いになることもあります。しかし、あれほど定子様の御為を想っていた清少納言が、よりにもよって藤壺に来るとは思えませんでした。

「それでも聞いてみて欲しい。『枕草子』には、してやられたと思うこともあったが、慧眼《けいがん》は確かなものだ」

言い募られた私は、清少納言を訪ねました。既に里下がりして、清原元輔邸にいた少納言でございましたが、その日は、職の御曹司に来ていると聞いたのです。

「清少納言はおいでになりますか」

声を掛けますと、

「こちらに」

と、御簾《みす》が上がりました。私が中へ入りますと、そこには衣の入った長持《ながもち》がありました。身の回りの物を片付けている様子でした。

几帳《きちょう》に囲まれた局で間近に向き合いますと、その顔には疲れが見えました。

「この度は、お辛いことでございましたね」

私が労《ねぎら》うと、ええ、と頷《うなず》きます。あの少納言が言葉少なになっていることが、何よりも悲しみの深さを感じさせました。

「藤壺に参りませんか」

私が思い切って切り出すと、少納言は顔を上げましたが、驚いた様子はありませんでした。恐らく私の来訪の前から、話の内容を予見していたのでしょう。

「いえ。宮仕えはこりごりです」

「貴女《あなた》ほどの才があたら惜しいこと」

「主と仰ぐは唯《ただ》お一人。そうでなければ、私も『枕草子』も空しいものになりましょう」

確かに、定子様の局《つぼね》の華やかさや美しさ、そして清少納言との柔らかで楽しい交友を描いた『枕草子』は、そのまま清少納言の定子様へのひたむきな想いを表しています。

その少納言が定子様の亡き後、他の主に仕えたとあれば、『枕草子』は絵空事となりましょう。

「皇后様の悲しさや苦悩ではなく……輝くほどの日々をこそ、鮮やかに残したい。そのためにも私は、『枕草子』を守らねばと思うのです」

この人は、ただ才があるだけではない。匡衡様が言うように、漢書も史書も「残すために」何を書くのかを知っている。そして道長様が言うように「慧眼」なのでしょう。故にこそ、引くべき時を過《あやま》たないのです。

「一つだけ、聞いてもよろしいですか」

私はついと少納言に膝《ひざ》を進めました。

「あの御歌は、真《まこと》に皇后様の遺詠でございましょうか」

それは、皇后様の亡き後、皇后様の御歌としていつしか語られるようになったものです。

夜もすがら　契りしことを忘れずは
恋ひむ涙の　色ぞゆかしき

共に過ごした夜のことを忘れず、私を恋しく想い、貴方《あなた》が流す涙の色を見てみたい……。

そんな激しい恋の歌です。

秀歌であると思いますが、これまでお見かけしていた御姿や、「枕草子」に描かれている、明るい定子様とは少し異なるように思われました。

しかし、清少納言は暫《しば》しの沈黙の後、ぐっと唇を引き結び、深く頷きました。

「はい……亡くなられた後に、御帳台《みちょうだい》の柱に括《くく》られていたのです。手蹟《て》も間違いなく皇后様のものでございました」

少納言の目から一筋の涙が流れました。それを袖《そで》で押さえながら、苦しい息を繰り返しつつ、それでも口を開きます。

「皇后様は御体の具合が芳しくなく、御心弱くていらっしゃいました。祈禱《きとう》も少なく、人手も足りず……」

それでも努めて明るく振る舞っていらしたけれど、夜、一人でさめざめと泣いている定子様の御姿を見てしまったそうでございます。

「この先、主上の御寵愛《ちょうあい》を失ったら私はどうして生きて参れましょう……宮たちは、この御子は……どうなりましょう」

定子様はお腹《なか》を摩《さす》りながら、か細い声で仰せになり、少納言の肩に凭《もた》れておられたそうです。

「藤壺女御様が……中宮になられると聞いたことで、一層、御心弱くなられたご様子でした」

後ろ盾もなく、唯一の后《きさき》としての地位も失った。主上の寵愛だけを頼りにようやっと堪《こら》えて来たことが、遂《つい》に耐えきれなくなったようであったと。

「申し上げても詮《せん》無きこと……それでも私は、道長様が今少し、慮《おもんぱか》って下さっていたらと……思わぬではありません」

重なる苦悩の中で、定子様はあの御歌を詠まれたのでしょう。さすればあの激しさも無理からぬものに思われます。

「しかし、私はあの御歌を、主上だけにご覧に入れたかった……」

清少納言は、御帳台を片付ける時にあの御歌を見つけたそうです。それを他の女房らと見ている時に、伊周様も御覧になられたとか。伊周様は、主上に御歌を届けましたが、それだけではなく、宮中のあちこちで吹聴《ふいちょう》なさった。

伊周様にしてみれば、定子様の切ない思いを語り、道長様への恨みつらみを言いたくもあったのでしょう。でもこれは恐らく、皇后様にとっては密《ひそ》やかな恋文でもあったはず。

清少納言が、主上だけに、というのも分かります。

「主上は、御歌を受け取られたのですか」

私が問いますと、少納言は、ええ、と頷いておりました。

主上は、亡き定子様の御歌を、どのように御覧になったことでしょう。定子様の内に滾《たぎ》る想いを受けられ、真に血の涙を流されたのではあるまいかと……思わずにはいられません。

本日、久方ぶりに訪ねた清少納言は、随分と達者な様子でございました。

定子様が身罷《みまか》られてすぐ、宮中を去った清少納言が、二十も年上の藤原棟世《むねよ》の妻となり、任地の摂津《せっつ》に赴いたと聞いた時には、それは驚きました。しかし、宮中での辛《つら》い思い出を忘れ、心を癒すには良かったのかもしれませんね。

私も、貴方が尾張守に赴任されるのに従って、都を離れたのは良かったと思っております。倫子様や彰子様は、都に引き留めようとして下さいましたが……思えば、私も都の政の駆け引きに疲れていたのでございましょう。

今年の春、四年ぶりに戻って参りましてから、再び私も藤壺に上がることになり、貴方も殿上して忙《せわ》しない日々が続いておりました。清少納言がかつてと同じ清原元輔邸に住まっているとは聞いておりましたが、改めて便りをすることもなく……それが急に、清少納言が文をくれたのです。

理由はお分かりでしょう。貴方が、定子様の忘れ形見である一宮敦康親王の読書始めの侍読《じどく》を務めたことを聞いたからですよ。

屋敷に訪ねましたら、対屋《たいのや》に辿《たど》り着くより先に廊下に出ていらして、

「お待ちしておりました」

と、歓待されました。

最後にお会いしたのが四年前、藤壺への出仕を求めて参った時でした。あの時は私も気兼ねして、先方は悲しみの中にありました。しかし元より互いに気の合う間柄。しかも此度《こたび》のお話は、一宮様にとっても喜ばしいお話でございましょう。

「それで、貴女は一宮様のご様子をご覧になりましたか」

と、身を乗り出すように尋ねられましてね。

今、一宮様は藤壺で彰子様が母代わりとなってお世話申し上げておりますので、御姿を間近に拝見しております。凜々《りり》しい目元は主上に似ていらっしゃいますが、鼻筋の通ったところは亡き定子様に似ているとお話ししたところ、大層嬉《うれ》しそうでした。

「元より聡明《そうめい》でいらした宮様ですもの。大江匡衡《おおえの》様のご教示で、益々《ますます》、賢くなられるでしょう」

うっとりとおっしゃる。

「ならば、貴女も御殿に上がれば良いのです」

しかし、

「私の役目は終わりましたので」

と、頑《かたく》なに拒まれるのですよ。

暮らしぶりは、質素でございましたが、整っておりました。前栽《せんざい》も手入れされていて、何人か仕えている者もおりました。背の君はお体を壊しておられるとのことでしたが、小さい娘御がおりましたよ。

「年がいってから授かった子ですので、甘やかしていけません」

などと言いながら乳母に預けておりました。あの子もいずれは、少納言のような才媛《さいえん》になるのかもしれませんね。そうそう、あと、

「紫式部とやら申す女房が、私が零落《おちぶ》れるとおっしゃったそうですね。どうぞ、よしなにお伝え下さいまし」

紫式部が日記に書いたこともご存知でした。

あの日記は、如何《いかが》なものかと私も思ったのです。

「清少納言こそ、したり顔にいみじうはべりける人」

などと、清少納言の博識ぶりを腐した上に、

「そのあだになりぬる人の果て、いかでかはよくはべらむ」

と、行く末を呪うようなことを……。

　式部が宮中に上がったのは、少納言が下がった後のこと。直接、会ったことさえないのですから。紫式部本人にも、

「お会いしたこともない方のことを、このように書かれるのは如何なものでしょう」

と、苦言したのです。式部としては、道長様に何かと清少納言と比べられることに苛立《いらだ》っていたようで。

「清少納言のように藤壺を盛り立てよ。清少納言に負けるな」

　次第に見たこともない少納言のことが恨めしく思われたようです。

「真《まこと》に、申し訳ないことを……」

　か細い声で言っていました。そんなことを少納言に言いましたら、ふうっと吐息なさって。

「仕方ありません。過日の登華殿に勝とうと思うたとて、皇后様の輝きは何人《なんぴと》たりとも勝てるものではございません。さすれば、その脇に控えていた私を呪うくらいしか術《すべ》がなかったのでございましょう」

　宮仕えの気苦労が分かるからこそ、式部の苦悩も察しているようでした。あの程度のことを書かれたくらいでは、少納言は痛くもないご様子。

「それよりも、『源氏物語』は面白うございますね」

と、褒めていました。元より物語には目がないので、早速、取り寄せて読んでいるとのこと。

「今、『若菜』という章を読んでおります。女三宮《おんなさんのみや》が源氏の君の許《もと》に参られて……」

と、そこまでおっしゃってから、ふと口を噤《つぐ》まれたのです。そして、首を傾げました。

「紫式部は、この物語をいつ頃から書いてらっしゃったのかしら」

私も具《つぶさ》には存じませんが、桐壺《きりつぼ》のお話は、宮中に上がるより前から書いていたとか。その後のお話は、続きが読みたいと宮中でせがまれ、書くようになったというようなことを、耳にしたことがございます。

「では、宮中で見聞きしたあれこれが、ここに入っているのでございましょうね」

少納言の言う通り、恐らくはそうなのでしょう。

「これを、主上や藤壺中宮様は御覧になっているのですか」

実は、それが悩みの種の一つなのです。

元々、藤壺を中心に、楽しみの一つとして読まれていたのですが、そこに幾ばくかの実話めいたものが混じっているのです。

「あれは、あの局《つぼね》の女房とあの中将《ちゆうじよう》の話に似ている」

「実はあの受領《ずりよう》の妻に、大臣《おとど》の息子が通っているのが、この話の基になっている」

などと、実《まこと》しやかに噂になっているのはご存知でしょう。

中でも藤壺で時折話題になるのが、光君《ひかるきみ》と藤壺宮は、誰を模して描かれているのかということ……。

「清少納言は、『源氏物語』をどう御覧になるのか、私は聞いてみたいと思っていました」

私が問うと、少納言は暫《しば》しの沈黙の後に顔を上げました。

「私には、光君が主上に、藤壺宮が皇后様に見えます」

美しい光君にとって藤壺宮は、恋焦がれ、求めてやまぬ年上の女人。父の后《きさき》という禁じられた恋にもかかわらず、思いを貫こうとします。

「あれはまるで、在りし日、職の御曹司にいる定子様に周囲の反対を押し切っても通い詰めた主上の姿に重なるものがあります。そして形代《かたしろ》を求められる……」

光君は、手に入らぬ藤壺宮に焦がれる余り、形代への恋を繰り返します。高貴な年上の女人としての六条御息所《ろくじようのみやすどころ》。面差しのよく似た紫の上《むらさきのうえ》。そして血縁にあたる女三宮……。

主上もまた、形代を求められました。

定子様を亡くされた後、彰子様は主上の御心を癒そうと努めておられましたが、御心を移されることはありませんでした。

そんな時に主上が頼られたのは、定子様の妹である御匣殿《みくしげどの》でした。定子様の忘れ形見である宮様をお育てしていた御匣殿は、定子様がいらした頃から職の御曹司におりました。定子様ほどの華やかさはございませんが、姉妹ということもあり、面差しはそこはかとなく似ております。幼い宮様をあやす姿を見た者の中には、

「もしも、皇后様が生きていらしたら、こんな風に宮様たちとお過ごしだったのでは」

と、思うほどであったとか。

主上はいつしか、定子様の面影を求めて御匣殿を御寵愛《ちょうあい》になり、遂《つい》にはご懐妊されました。しかし、不幸なことに、御匣殿は身重のまま亡くなられてしまいました。

主上は再び、悲しみの淵《ふち》に沈み、今も尚《なお》、完全に立ち直られてはいないのです。

それを間近に見ておられる彰子様は、御心を痛めておりました。それは、かつて主上を兄のように慕い、定子様を亡くして悲しむ主上を、

「さぞやお悲しみでしょう」

と、憐《あわ》れんでいた姿とは違います。

彰子様は今はもう、色々なことをご存知です。

主上のことを背の君として慕えばこそ、己の無力も覚え、御匣殿への嫉妬《しっと》もあります。

そして、政においても左大臣の娘として、皇后定子様を追い詰めたという負い目もあります。

その上で「源氏物語」を読んだ者たちは囁《ささや》くのです。

「これより先、主上の御心を癒す人が現れるとしたら、それこそ、亡き皇后様の形代のような御方ではないか」

「それで言うならば、中宮様は皇后様とは従姉妹《いとこ》の間柄。似ていると言えなくもないかもしれない」

「いやいや……皇后様はむしろ高階内侍に似ていたのだから、そちらの縁者の女人を入内《じゅだい》させれば」

その声も、彰子様には届いています。

故にこそ、彰子様もまた、「源氏物語」をただの物語として楽しむことが出来ずにいらっしゃる。あまつさえ、道長様までもが、

「彰子の衣を誂《あつら》えるのに、先の皇后のようにしたらどうか」

などと、彰子様を定子様に似せようとなさる有様でございます。

「どうしたものかと思います……」

私は、久しぶりの清少納言を前に、ついつい弱音を吐いてしまいました。

「物語は物語。表向きはそうでございますから、皆、大きな声では申しません。されど、何とはなく定子様のことを思い出してしまうのです」

「それは、それほど皇后様が大きな方でいらしたからですよ」

少納言は言います。

「それに、紫式部という方は現《うつつ》の誰かを貶《おとし》めようとか、称《たた》えようとか、そういう意図はないように思います」

そう言って、清少納言は文机《ふづくえ》の脇に置かれた蒔絵《まきえ》の文箱《ふばこ》を手に取ると、そこに入っている「源氏物語」を手に取りました。何方《どなた》かから写本を貰《もら》ったそうです。そして、その隣に、少納言が書いた「枕草子」を並べます。

「私は、『枕草子』を皇后様の御為に書きました。苦しい御立場であった皇后様の御心を励まし、職の御曹司に光あれと願ったのです。しかし紫式部は違う……」

清少納言は、「源氏物語」を手に取り、それを捲《めく》りながら、しみじみと眺めます。

「この方は、物語を紡ぐことに己の命を捧《ささ》げておられる。宮中で見聞きしたことも、この方にとってはただの糧。藤壺中宮様の御為にならぬことであっても、迷うことなく糧として、物語に綴《つづ》られるでしょうね」

そして、自嘲《じちょう》するように笑います。

「私は、さようなことは出来ませぬ。つい、あれやこれやと気を回してしまう。むしろ、物語に入り込める紫式部の才が羨《うらや》ましいと思います」

なるほど、そういう見方もあるものかと、改めて思い至りました。

「とはいえ、これをお読みになれば、中宮様が御心を乱されるのは御尤《ごもっと》もなことと存じます。貴女《あなた》も、御側にいらして戸惑うこともおありでしょう」

「ええ……このところ、中宮様は、しきりに皇后様についてお尋ねになるのです。どんな御方であったのかと」

何故でございましょうか、と彰子様に問いますと、

「一宮たちが、母君について尋ねるので」

と、おっしゃる。確かに、藤壺にいらっしゃる一宮様も女一宮様も、母の面影が恋しい年ごろでもあります。彰子様は母と呼ぶには未《いま》だ年若くていらっしゃる。

「それについては、『枕草子』をご覧下さいませと、お伝え下さい」

少納言は悪戯《いたずら》めいた笑みと共に答える。

「ああ、それもそうでございますねえ……」

確かに、あそこには明るく聡明《そうめい》な定子様の御姿が描かれています。そして、そこには道長様への恨みつらみも、政に纏《まつ》わる争いも書かれていません。中宮様や宮様たちが御覧になるのに何の不都合もないでしょう。

「何となく、皇后様に纏わる書だということで、皆が遠ざけていたところがございましたが……」

「それは寂しいこと。『源氏物語』よりも余程、面白いと思う方もおいでだと思いますよ」

そう言いながら、「枕草子」をついと差し出しました。私は改めてそれを受け取りながら、吐息します。

「しかし、中宮様が皇后様について尋ねられるのは、宮様たちだけの為ではないはず。御身が、どうすれば主上と御心を通わせることができるのかを、お悩みなのだろうと……」

するとと少納言は暫《しば》く黙って、そっと火鉢の方へと手を伸ばします。懐かしい沈香《じんこう》の香りを楽しむように、ゆっくりと息をしてから、私を見て微笑みました。

「光君と藤壺宮の間柄は、主上と皇后様によく似ています。されど同時に、とても違います。主上はもっと思慮深く、温かい御方。もしも中宮様が形代《かたしろ》になろうとなされば、その胸中の苦しみを感じて、却《かえ》って悲しまれることでしょう」

確かにそうかもしれません。

主上は少年の時分から、周りの者を気遣う方でいらした。今、御身の内に深い悲しみを抱えていても、それでも尚、周りの者を慮《おもんぱか》ることを忘れない。憂いを含んだ眼差《まなざ》しは、すっかりと大人びておられますが、優しい御心に変わりはありません。

「皇后様はお優しい主上を想えばこそ、御心の内に悲しみを秘めて、努めて明るく照らし続けて来られた。そこには揺るがぬ慈愛がございました。見目を似せたり、衣を似せたりしたところで、それに意味はございません。衛門様とてそれはお分かりでございましょう」

私は、ええ、と小さく頷《うなず》きます。少納言は私の顔をじっと見てから微笑みます。

「一宮様が藤壺にお住まいになると聞いた時、生《な》さぬ仲故に難しいこともあろうと案じておりました。しかし、先ごろから貴女のお話を聞いていると、中宮様は一宮様を慈しんでおられることが分かります。貴女は嘘のつけぬ方。だからこそ、中宮様が温かく優しい方なのだと信じられる」

少納言の言葉に、私は何故か、胸に迫るものがあり、ぐっと唇を嚙《か》みしめました。涙が溢《あふ》れそうになるのを感じたのです。

幼い頃から見知っている彰子様は、私にとっても可愛い御方。それが、定子様と比べられ、主上の寵愛を受けられぬと陰口を叩《たた》かれる。実の父である道長様にまで、定子様の形代となることを示唆されていることに、言い得ぬ口惜しさと、痛みを覚えていたのだと……今更ながら私は気づいたのでございます。

「衛門様、どうか中宮様には、そのままでいらして下さいませと、お伝えください。偽りのない慈しみの御心がある限り、主上はきっと分かって下さいます。今はまだ、深い悲しみの中に揺蕩《たゆた》うとしても、焦ることのないよう……」

「……はい」

ああ、この人が、皇后様の一の女房と言われたこと。この人が登華殿の華やぎの一つだと言われた理由がよく分かりました。

誰よりも私が、彰子様のことを信じて差し上げなければならないと、心を新たにして、清少納言の屋敷を後にしたのでございます。

ああ、雪が深くなってきたようでございますね。庭がすっかり白く染まり始めました。明日は牛車《ぎっしゃ》を出すのも一苦労でございます。

いいえ、それでも明日は藤壺に参ります。

実はこのところ、女房として彰子様にお仕えする自信を失くしていたのです。何分、都を暫く離れておりましたでしょう。そうしている間に、彰子様は大きくなられ、主上への想いも、ただ兄を慕うのではない、女人としての恋心も募らせていた。そのことに戸惑いもありました。

私は、主上と定子様が仲睦まじくいらした様をはっきりと覚えております。だからこそ、目先の手管で主上の御心がこちらに向くことなどないことは、重々に承知しております。されど、道長様をはじめとした皆が、彰子様の方へ主上の御心を向けようと、意気込んでいる。そこについて行けずにいたのです。

しかし、幼い頃から彰子様を存じ上げているからこそ、そして、定子様を覚えているからこそ、分かることもある。清少納言が言う通り、彰子様は御身の深い慈愛があればこそ、何も案ずることはないのです。そのことを、お伝え申し上げたい。

明日、「枕草子」を持って参内しようと思います。あそこには、主上の温かい御心がある。定子様とは違うけれど、彰子様もきっと、その温かい主上の御心に触れる日が来ると思うのです。

道長様に知れればさぞや嫌な顔をされるやもしれません。しかし、かく言う道長様が、「源氏物語」に振り回されて、彰子様に形代となることを唆しているのですから、少しは頭を冷やした方がいいのです。

それにしても、天下人をも惑わすとは……大人しやかに見える紫式部は、何とまあ手練《てだ》れた語り部であることか。つくづく、その才が羨ましくも思います。

まあ、私は物語を書くつもりはないのかと、おっしゃるのですか。

そうでございますね……もし、書くのであれば、彰子様に御読みいただく物語を。予《かね》て私は史書や日本紀が好きでした。しかし、多くの人にとっては読みづらいものなのかもしれません。ですから、これまでの御代《みよ》や御后《おきさき》たちのことを分かりやすく綴ることができたら書いてみたくもございます。

輝かしい栄花《えいが》の影には、いつも波乱もあれば、悲劇もあります。そして、花となる方にもまた、数多《あまた》の苦悩がございましょう。影を負って尚《なお》、輝かれた帝《みかど》や后たちの姿を通して、これからの彰子様の道行を照らすことができるのなら、私も女房として今少し、誇りを持てる気が致します。

折角、傍らに当代一の学者がいるのですから。それでこそ、匡衡衛門の作と言われましょう。

題は……そう。「栄花物語」とでも致しましょうか。

では、今宵《こよい》はもう休むことと致しましょう。久々の参内となれば、髪の手入れも衣の支度も手間取りましょうから。

藤壺はこれより、弥栄《いやさか》でございましょうから、私も努めねばなりませんね。


（本作品は書き下ろしです）

解説

末《すえ》國《くに》善《よし》己《み》

紫式部《むらさきしきぶ》の『源氏物語』は、成立したとされる寛弘《かんこう》年間（一〇〇四年～一〇一三年）から千年の時を経た現代でも読み継がれている古典文学の最高傑作の一つである。

『源氏物語』は写本によって広まったため誤写や筆写した人物の加筆修正があり、古典としての地位が確立したとされる平安《へいあん》末期には、どれが紫式部が書いた本文なのか分からなくなっていた。そのため源 光行《みなもとのみつゆき》と息子の源親行《ちかゆき》、藤原定家《ふじわらのさだいえ》らによる本文の確定作業の実施や、藤原伊行《これゆき》『源氏釈』など連綿と執筆された注釈書、さらにビジュアルで物語世界を伝える源氏物語絵巻などが作られたことによって、時代が下るにつれ公家だけでなく幅広い層が『源氏物語』に親しむようになっていった。二〇一九年に、定家本『源氏物語』の第五帖《じょう》「若紫」が発見され、大きなニュースになったのは記憶に新しい。

武家政権を倒し王政復古を成し遂げた明治政府が、古典の知識を学ぶ教材として用い、日本の伝統的な美を広めるイメージ戦略に利用したこともあり、『源氏物語』の評価はますます高くなった。近代に入ると難解な『源氏物語』の現代語訳も刊行され、與謝野晶子《よさのあきこ》、谷崎潤一郎《たにざきじゅんいちろう》、窪田空穂《くぼたうつぼ》、円地文子《えんちふみこ》、田辺聖子《たなべせいこ》、橋本治《はしもとおさむ》、瀬戸内寂聴《せとうちじゃくちょう》、大塚ひかり《おおつか》、今泉忠義《いまいずみただよし》、玉上琢彌《たまがみたくや》、尾崎左永子《おざきさえこ》、林望《はやしのぞむ》、角田光代《かくたみつよ》らが全訳を手掛けている。アーサー・ウェイリーの英訳で欧米に紹介された『源氏物語』は、三十以上の言語に翻訳されており、まさに日本が誇る世界文学となっている。

『源氏物語』は有名だが、作者とされる紫式部は生没年も本名も伝わっていない（諸説あり）。父は下級貴族ながら花山《かざん》天皇に漢詩文を教えた藤原為時《ためとき》で、幼少の紫式部は女性に必要ないとされた漢文を読みこなしていたとの逸話がある。又従兄《またいとこ》の藤原宣孝《のぶたか》と結婚して一女をもうけた紫式部は、夫と死別後、藤原道長の娘で一条《いちじょう》天皇の中宮になった彰子《しょうし》の女房になり、この頃に『源氏物語』を書いたとされる。中古三十六歌仙、女房三十六歌仙に選ばれる和歌の名手であり、宮中での生活を綴《つづ》った『紫式部日記』も古典文学の名作とされているが、晩年の動向ははっきりしていない。

偉大な業績を残した紫式部だが、死後に酷《ひど》い仕打ちを受けている。『源氏物語』というフィクションを書いたのは、仏教の五戒の一つ「不妄語」を破ったことになり、紫式部は地獄に落ちたというのである。紫式部と『源氏物語』の読者の罪業を消すため、中世期には源氏供養が行われていたとの記録がある。

二〇二四年のＮＨＫ大河ドラマが紫式部（「まひろ」という名を与えられるようだ）を主人公にした「光る君へ」になったのは、武家社会になった鎌倉時代以降よりは女性が活躍できる場は多かったが、それでも男性中心の社会だった平安時代に自分の人生を切り開いた紫式部の活躍を描くことで現代の女性を応援し、熱心なファンがいる一方で古典に苦手意識を持っていて『源氏物語』を敬遠している人たちに、その魅力を伝える意図があるように思える。

第二十二帖「玉鬘」に出てくる和歌の一節をタイトルにした本書『君を恋ふらん源氏物語アンソロジー』は、紫式部の遥《はる》かなる後輩といえる女性作家たちが発表した『源氏物語』と紫式部が生きた時代を題材にした六篇をセレクトした。『源氏物語』の世界を独自に解釈した二次創作から、紫式部や同世代の人物を描く歴史小説まで幅広く作品を収録したので、楽しみながら平安時代と王朝文学への理解が深められると考えている。

以下、収録作を順に見ていきたい。

田辺聖子「やんちゃ姫　玉かつらの巻」は、中年になり美貌《びぼう》と体力が衰えた光源氏を女性たちの目で捉《とら》えたパロディ『春のめざめは紫の巻　新・私本源氏』の一篇。

光源氏の従兄で親友、恋のライバルでもある頭中将《とうのちゅうじょう》と夕顔の娘・玉鬘を中心人物にした『源氏物語』の第二十二帖「玉鬘」から第三十一帖「真木柱」までは、玉鬘十帖と呼ばれている。本作は、この玉鬘（作中では玉かつら）が主人公である。

原典での玉鬘は、乳母《めのと》一家と筑紫《つくし》へ下向し美しく成長するが、有力な豪族・大夫監《たいふのげん》の求婚を逃れ上京し、母の侍女だった右近を介して光源氏に引き取られた。鄙《ひな》で育った玉鬘が、光源氏の許《もと》で都で暮らす女性に相応《ふさわ》しい教養を身に付け、多くの貴公子から求婚を受ける展開はシンデレラ・ストーリーといえる。これに対し田辺の描く玉かつらは、本作が書かれた頃の若者言葉でしゃべり、都の貴族たちの常識に違和感を持ち、最後は敷かれたレールを拒否して自分の意志で進むべき道を決めていく。

タイトル通り「やんちゃ」な玉かつらには、女性が抑圧されていた戦前を知る田辺が、現代の女性に自由闊達《かったつ》に生きて欲しいというメッセージを込めたように思える。

『源氏物語』の女性たちが心中を語る『女人源氏物語』に続き現代語訳を刊行した瀬戸内寂聴が、改めて短篇小説で『源氏物語』の世界に挑んだのが「髪」である。

本作は、『源氏物語』の宇治十帖（光源氏没後の宇治を舞台にした第四十五帖「橋姫」から最終の第五十四帖「夢浮橋」まで）で、薫《かおる》と匂宮《におうのみや》に愛され苦しむ浮舟《うきふね》を助けた横川《よかわ》の僧都の弟子・阿闍梨《あじゃり》を主人公にしている。

横川の僧都が病魔退散の読経《どきょう》を始めた頃、邸《やしき》の裏の方を見回っていた阿闍梨は黒髪の女を見つけた。僧都の命で死にかかっていた女を小部屋に運び込んだ阿闍梨は、裸体を拭《ふ》いたことで煩悩を募らせ、特に黒髪へフェティッシュな欲望を感じてしまう。

阿闍梨は、女の官能美に囚《とら》われ、僧都の聖性を疑い、俗世を離れたいと考えている女が再び愛欲生活に戻る可能性などを考え悩みを深める。ただ瀬戸内は煩悩に囚われた阿闍梨を批判しておらず、人間の〝生〟を肯定する終盤は強い印象を残す。

永井路子《ながいみちこ》「桜子日記」は王朝ものの短篇集『噂の皇子《みこ》』の一篇で、紫式部と同じ時期に彰子の女房だった和泉《いずみ》式部の恋愛遍歴を、側近くで仕えた桜子を通して描いている。

冷泉《れいぜい》上皇の后《きさき》・昌子《しょうし》内親王に仕える高官の父と、昌子内親王の乳母だった母との間に生まれた和泉式部は、十歳の頃から恋文を送られていたが、結婚したのは和泉《いずみの》守《かみ》の橘道貞《たちばなのみちさだ》という地味な男だった。和泉式部の女房名は、道貞の官名に由来している。

米、財宝があふれる屋敷を道貞に譲られた和泉式部は娘を生むが、父親は道貞ではないと桜子にほのめかすなど恋の話が絶えなかった。物語は、道貞と離婚し天皇の御子《みこ》・弾正宮《だんじょうのみや》 為尊《ためたか》親王、その弟の帥宮敦道《そちのみやあつみち》親王と関係を持つ奔放な和泉式部と、為尊親王の使者を務める桂丸《かつらまる》に密《ひそ》かな恋心を抱く桜子を対比しながら進んでいく。

平安時代、宮中で働く女房たちが和歌を詠み、物語を書いたのは、文化の力で自分が仕える中宮を盛り立て、天皇に渡っていただく機会を増やす政治的な一面があったとされる。恋愛も政治と無関係ではなく、華麗な恋愛を繰り広げる和泉式部を描く本作は、冠婚葬祭などで簡単に権力構造が変わり、取り入る相手を間違えれば転落の危険もある政治的な駆け引きが描かれており、華やかな宮中の裏側がうかがえる。

紫式部を探偵役にした『千年の黙《しじま》 異本源氏物語』でデビューした森谷《もりや》明子《あきこ》は、その後も『白の祝宴 逸文紫式部日記』『望月のあと 覚書源氏物語「若菜」』などの平安ミステリを発表している。「朝顔斎王《あさがおさいおう》」は、七夕の織姫《おりひめ》の七つの異称と同じ名前を持つ女性たちを主人公にした『七姫幻想』の一篇である。

後朱雀《ごすざく》天皇の皇女・娟子《けんし》は、父の崩御で賀茂《かも》神社の斎王を降りた。源《みなもとの》俊房《としふさ》が娟子と通じたため、弟の尊仁《たかひと》親王（後の後三条《ごさんじよう》天皇）は激怒し、後冷泉《ごれいぜい》天皇から勅勘を受けた俊房は蟄居《ちつきよ》した。この史実をベースにした本作は、斎王を辞めた娟子が落ち着いた河合《かわい》御所で、猫の死体が投げ込まれたり、垣の朝顔が根こそぎ引き抜かれたりする事件が起こり、それを少納言《しようなごん》と呼ばれる謎めいた女性探偵が解き明かすミステリである。少納言が誰かも、物語を牽引《けんいん》する重要な鍵《かぎ》になっている。

屋敷の垣にちなみ朝顔と呼ばれる娟子の物語を、『源氏物語』で桃園式部卿宮《ももぞののしきぶきようのみや》の死により斎王を退いた朝顔が光源氏に求愛されるも拒んだ第二十帖《じよう》「朝顔」とリンクさせ、さらに『拾遺和歌集』に収められた「詠み人知らず」の朝顔の歌にも繋《つな》げる緻密《ちみつ》な構成が鮮やかだ。作中に「朝顔」の批評が織り込まれているのも面白い。

『源氏物語』が千年にわたって読み継がれてきたのは、優れた写本や注釈書だけでなく、『源氏物語』を題材にした能『半蔀《はしとみ》』『夕顔』『野宮《ののみや》』『須磨源氏』『住吉詣』『玉鬘』『落葉』『浮舟』など芸能が果たした役割も少なくない。瀬戸内寂聴が手掛けた「髪」をベースにした新作能『夢浮橋』も、この系譜の一作といえる。

澤田《さわだ》瞳子《とうこ》「照日《てるひ》の鏡――葵上《あおいのうえ》」は、能を題材にした『稚児桜　能楽ものがたり』の一篇で、『源氏物語』の第九帖「葵」を題材にした能「葵上」を取り上げている。

能「葵上」は、シテ（主役）が生霊《いきりよう》で、それに苦しめられる葵上は登場せず舞台上に広げられた小袖《こそで》で表現される。これに対し本作は、梓弓《あずさゆみ》を使って魔を祓《はら》う照日《てるひ》ノ前《のまえ》が、葵上に憑《つ》いた生霊の調伏《ちょうぶく》を頼まれるので、葵上を軸にした物語となっている。照日ノ前が雇い入れた少女の視点で、生霊との戦いがダイナミックに描かれ、それに生霊を飛ばしているのは誰かを探る犯人当ての要素も加えられている。

能「葵上」は、照日ノ前のモデルになった照日ノ巫女《みこ》など『源氏物語』に登場しない人物が活躍し、原典本文からの引用もないため〝原作離れ〟との指摘もあるようだ。ただ澤田は、能にだけ出てくるキャラクターを使いながら『源氏物語』ファンも満足できる物語を作っている。美男美女の恋愛を描く『源氏物語』の世界を使って、ルッキズム（外見至上主義）を批判する現代的なテーマを描いた離れ技も見事である。

永井紗耶子《ながいさやこ》の書き下ろし「栄花と影と」は、赤染衛門《あかぞめえもん》を語り手にして、藤原道長《みちなが》が権力を握るまでの壮絶な宮廷陰謀劇と、清少納言《せいしょうなごん》の『枕草子』、紫式部の『源氏物語』、そして赤染衛門の『栄花物語』がなぜ書かれたのかにも迫っている。

道長の兄で関白の道隆《みちたか》を父に持つ定子《ていし》は一条天皇に嫁ぎ寵愛《ちょうあい》を受けていたが、父の急死で状況が一変する。道隆の弟・道兼《みちかね》が関白を継ぐも急死し、次の関白を道隆の長子・伊周《これちか》、道隆の弟の道長が争い、宮中を二分する派閥抗争に発展したため道長は娘の彰子を入内《じゅだい》させたが、帝の寵愛は変わらず定子は懐妊するも第二皇女の出産直後に崩御した。

永井は、伊周と道長の政争や定子の苦悩に触れず、明るく華やかな定子のサロンの様子だけを『枕草子』に書いた清少納言は、「政《まつりごと》」を理解していたとする。そして最愛の定子を亡くし、その「形代《かたしろ》」になる女性を求めた帝の姿は、紫式部が藤《ふじ》壺《つぼ》宮の「形代」を探し続ける光る君の物語として『源氏物語』に反映させたとしている。

生まれた時代は異なるが、同じ表現者として清少納言と紫式部の心の中に入って創作の動機を導き出しているだけに、永井の解釈には説得力がある。道長が政権を奪取する激動の時代を生き、巻き込まれた人たちの栄光と悲劇を目にした赤染衛門が、宇多《うだ》天皇から堀河《ほりかわ》天皇までの約二百年を追った歴史物語『栄花物語』を書く決意を固める展開は、永井が歴史時代小説を書いている理由とも重なっているように思えた。

【付記一】

本書の編集作業中に、永井紗耶子さんが『木挽町のあだ討ち』で第一六九回直木賞を受賞されました。おめでとうございます。

【付記二】

本書の編集作業中に、『炎環』『流星　お市の方』『姫の戦国』など女性に焦点を当てた歴史小説を発表されてきた永井路子さんがお亡くなりになりました。多くの名作を残していただいたことに感謝しつつ、謹んでご冥福《めいふく》をお祈り申上げます。

本書は文庫オリジナルアンソロジーです。

君《きみ》を恋《こ》ふらん

源《げん》氏《じ》物語《ものがたり》アンソロジー

澤《さわ》田《だ》瞳《とう》子《こ》　瀬《せ》戸《と》内《うち》寂《じやく》聴《ちよう》　田《た》辺《なべ》聖《せい》子《こ》
永《なが》井《い》紗《さ》耶《や》子《こ》　永《なが》井《い》路《みち》子《こ》　森《もり》谷《や》明《あき》子《こ》
末《すえ》國《くに》善《よし》己《み》＝編

令和５年 10月25日　初版発行

発行者●山下直久

発行●株式会社KADOKAWA
〒102-8177　東京都千代田区富士見2-13-3
電話　0570-002-301（ナビダイヤル）

角川文庫 23853

印刷所●株式会社暁印刷
製本所●本間製本株式会社

表紙画●和田三造

●お問い合わせ
https://www.kadokawa.co.jp/（「お問い合わせ」へお進みください）
※内容によっては、お答えできない場合があります。
※サポートは日本国内のみとさせていただきます。
※Japanese text only

ISBN 978-4-04-113877-9　C0193

◇◇◇

角川文庫発刊に際して

角川源義

第二次世界大戦の敗北は、軍事力の敗北であった以上に、私たちの若い文化力の敗退であった。私たちの文化が戦争に対して如何に無力であり、単なるあだ花に過ぎなかったかを、私たちは身を以て体験し痛感した。西洋近代文化の摂取にとって、明治以後八十年の歳月は決して短かすぎたとは言えない。にもかかわらず、近代文化の伝統を確立し、自由な批判と柔軟な良識に富む文化層として自らを形成することに私たちは失敗して来た。そしてこれは、各層への文化の普及滲透を任務とする出版人の責任でもあった。

一九四五年以来、私たちは再び振出しに戻り、第一歩から踏み出すことを余儀なくされた。これは大きな不幸ではあるが、反面、これまでの混沌・未熟・歪曲の中にあった我が国の文化に秩序と確たる基礎を齎らすためには絶好の機会でもある。角川書店は、このような祖国の文化的危機にあたり、微力をも顧みず再建の礎石たるべき抱負と決意とをもって出発したが、ここに創立以来の念願を果すべく角川文庫を発刊する。これまで刊行されたあらゆる全集叢書文庫類の長所と短所とを検討し、古今東西の不朽の典籍を、良心的編集のもとに、廉価に、そして書架にふさわしい美本として、多くのひとびとに提供しようとする。しかし私たちは徒らに百科全書的な知識のジレッタントを作ることを目的とせず、あくまで祖国の文化に秩序と再建への道を示し、この文庫を角川書店の栄ある事業として、今後永久に継続発展せしめ、学芸と教養との殿堂として大成せんことを期したい。多くの読書子の愛情ある忠言と支持とによって、この希望と抱負とを完遂せしめられんことを願う。

一九四九年五月三日

角川文庫ベストセラー

むかし・あけぼの (上)(下)　田辺聖子

美しいばかりでなく、朗らかで才能も豊か。希な女主人の定子中宮に仕えての宮中暮らしは、家にひきこもっていた清少納言の心を潤した。平成の才女の綴った随想『枕草子』を、現代語で物語る大長編小説。

おちくぼ姫　田辺聖子

貴族のお姫さまなのに意地悪い継母に育てられ、召使い同然、粗末な身なりで一日中縫い物をさせられている、おちくぼ姫と青年貴公子のラブ・ストーリー。千年も昔の日本で書かれた、王朝版シンデレラ物語。

田辺聖子の小倉百人一首　田辺聖子

百首の歌に、百人の作者の人生。千年歌いつがれてきた魅力を、縦横無尽に綴る、楽しくて面白い小倉百人一首の入門書。王朝びとの風流、和歌をわかりやすく、軽妙にひもとく。

ジョゼと虎と魚たち　田辺聖子

車椅子がないと動けない人形のようなジョゼと、管理人の恒夫。どこかあやうく、不思議にエロティックな関係を描く表題作のほか、さまざまな愛と別れを描いた短篇八篇を収録した、珠玉の作品集。

人生は、だましだまし　田辺聖子

生きていくために必要な二つの言葉、「ほな」、と「そやね」。別れる時は「ほな」、相づちには、「そやね」といえば、万事うまくいくという。窮屈な現世でほどほどに楽しく幸福に暮らす方法を解き明かす生き方本。

角川文庫ベストセラー

残花亭日暦　田辺聖子

96歳の母、車椅子の夫と暮らす多忙な作家の生活日記。仕事と介護を両立させ、旅やお酒を楽しもうとあれこれ工夫する中で、最愛の夫ががんになった。看病、入院そして別れ。人生の悲喜が溢れ出す感動の書。

私の大阪八景　田辺聖子

ラジオ体操に行けば在郷軍人の小父ちゃんが号令をかけ、英語の授業は抹殺され先生はやめてしまった。押し寄せる不穏な空気、戦争のある日常。だが中原淳一の絵に憧れる女学生は、ただ生きることを楽しむ。

寂光院残照　永井路子

壇ノ浦の戦いを生き延びた建礼門院のもとに姿を見せた後白河法皇。平家滅亡後の2人を描いた表題作の他、「土佐房昌俊」、「頼朝の死」など短編6作を収録。鎌倉時代の複雑な人間模様と陰謀を描いた名作。

とわの文様　永井紗耶子

江戸で評判の呉服屋・常葉屋の箱入り娘・とわは、行方知れずの母の代わりに店を繁盛させようと日々奮闘している。兄の利一は、面倒事を背負い込む名人。今日はやくざ者に追われる妊婦を連れ帰ってきて……。

おそろし　三島屋変調百物語事始　宮部みゆき

17歳のおちかは、実家で起きたある事件をきっかけに心を閉ざした。今は江戸で袋物屋・三島屋を営む叔父夫婦の元で暮らしている。三島屋を訪れる人々の不思議話が、おちかの心を溶かし始める。百物語、開幕！

角川文庫ベストセラー

あんじゅう 三島屋変調百物語事続　宮部みゆき

ある日おちかは、空き屋敷にまつわる不思議な話を聞く。人を恋いながら、人のそばでは生きられない暗獣〈くろすけ〉とは……宮部みゆきの江戸怪奇譚連作集「三島屋変調百物語」第2弾。

泣き童子 三島屋変調百物語参之続　宮部みゆき

おちか1人が聞いては聞き捨てる、変わり百物語が始まって1年。三島屋の黒白の間にやってきたのは、死人のような顔色をしている奇妙な客だった。彼は虫の息の状態で、おちかにある童子の話を語るのだが……。

三鬼 三島屋変調百物語四之続　宮部みゆき

此度の語り手は山陰の小藩の元江戸家老。彼が山番士として送られた寒村で知った恐ろしい秘密とは!? せつなくて怖いお話が満載！ おちかが聞き手をつとめる変わり百物語、「三島屋」シリーズ文庫第四弾！

あやかし草紙 三島屋変調百物語伍之続　宮部みゆき

「語ってしまえば、消えますよ」人々の弱さに寄り添い、心を清めてくれる極上の物語の数々。聞き手おちかの卒業をもって、百物語は新たな幕を開く。大人気「三島屋」シリーズ第1期の完結篇！

黒武御神火御殿 三島屋変調百物語六之続　宮部みゆき

江戸の袋物屋・三島屋で行われている百物語。「語って語り捨て、聞いて聞き捨て」を決め事に、訪れた客が胸にしまってきた不思議な話を語っていく。聞き手の交代とともに始まる、新たな江戸怪談。